연인, 인연

연인, 인연
김도현 지음
바른북스

목차

도플갱어

1 *7*
2 *14*
3 *30*
4 *45*
5 *58*

LP바

1 *87*
2 *102*
3 *110*
4 *124*
5 *134*

연인, 인연

1 *143*
2 *148*
3 *161*
4 *170*
5 *191*
6 *204*

후기

도플갱어

1

미라이는 여느 때처럼 새벽 6시 30분에 눈을 떴다. 빛 때문이다. 늘 이 시간이 되면 커튼 사이로 들어오는 얇고 희미한 빛 한 줄기가 미라이의 눈 쪽을 정확히 찌르듯 비추고 있었다. 항상 그 빛에 눈을 뜰 때마다 감사함과 동시에 큰 짜증을 느낀다.

어제의 야근으로 인해 무거워진 몸을 천천히, 그리고 힘겹게 침대에서 일으켰다. 한숨인지 신음인지 모를 소리가 그도 모르게 입 밖으로 흘러나왔다.

벽 쪽으로 걸어가 천천히 양쪽 커튼을 걷어 밖을 확인했다. 해는 아직 완전히 뜨지 않아 하늘과 거리에는 여명이 밝아오고 있었고 동네는 한없이 고요했다. 미라이는 그 어둡고 조용한 동네의 모습을 무언가에 홀린 듯 그저 한없이 바라보았다. 고요함 사이로 지저귀는 새들의 소리와 굳게 닫혀 있는 가게들. 아침 산책을 하는 부부들과 맞은 편에 있는 폐건물. 그 모든 것들을 미라이는 그저 홀린 듯 감상하고 있었다.

여명이 지나간 다음 해가 뜨며 거리의 색들이 활기를 띠자, 미라이는 방을 나가 화장실로 들어갔다.

여느 때처럼 샤워를 하고는 옷장으로 가 깔끔한 검은색 폴리에스터 슈트를 입고서 집을 나와 회사로 발걸음을 옮겼다.

그는 평범한 회사원으로 작은 소프트웨어 회사에 다니고 있었다. 주로 고객의 요구사항을 분석하고 수용 의견을 내는 일을 했고 쓸데없는 잡담과 대화는 거의 하지 않은 채 자신의 일에만 집중했다. 일이 끝나면 곧바로 집으로 퇴근하며 그저 '회사와 집'이라는 루틴을 반복할 뿐인 사람이었다.

그는 4층짜리 작은 아파트에 살았고 연인이나 동료도 만들지 않아 늘 혼자 생활했으며 회사도 이 보잘것없는 인생을 연장해 갈 돈을 만드는 수단 중 하나에 불과했다.

"좋은 아침, 미라이 씨."

회사에 출근해 자리에 앉으니 왼쪽 옆에서 여자 목소리가 들렸다. 유키가 의자를 뒤로 빼고는 미라이에게 웃으며 인사를 건넸다.

"응. 좋은 아침, 유키."

그녀는 늘 활력이 넘치는 타입으로 회사 안에서도 긍정적인 이미지인 사람이었다. 누구를 보면서도 미소 지으며 인사해 줬고 웃으며 이야기를 했다(그 얼굴이 그저 포커페이스일 뿐이라고, 미라이는 늘 생각했다).

수다가 많지만 실적은 늘 좋았고 얼굴도 워낙에 미인이다 보니 부서에서 인기가 많았다. 미라이와는 직장 선후배 사이였고 그 이상, 이하도 아닌 사이였다.

"미라이 씨는 늘 피곤해 보이시네요."

유키는 컴퓨터 전원이 켜지길 기다리는 그를 보며 비웃듯 웃고는 말했다.

"그래?"

"네, 항상이요. 잠 잘 못 주무세요?"

"충분하진 않지만 항상 평균 7시간 이상은 자려고 노력해."

그 말을 듣고 유키는 미라이의 얼굴을 유심히 살폈다. 그녀의 시선이 미라이의 피부에 닿으며 점점 따가워져 갔다.

"왜 내 얼굴을 그렇게 주시해?"

"미라이 씨. 자기관리 안 하시죠?"

"회사에 오는데 왜 자기관리를 해."

"밖에 나갈 때는요?"

"밖에 잘 안 나가. 나가도 시답잖은 일 때문에 잠깐 나가는 거고."

그때, 미라이의 컴퓨터 전원이 켜졌다. 미라이는 서둘러 키보드를 조작했다.

손가락과 키보드가 맞닿으며 나는 건조한 소리가 끊긴 대화의 공백을 빠르게 채우기 시작했다.

유키는 그런 미라이의 모습이 못마땅하다는 듯 신음했다.

"미라이 씨는 연인이나 친구 없죠?"

유키가 그렇게 묻자 미라이는 손가락을 멈추고 한숨을 한 번 쉬고는 귀찮다는 듯 고개를 끄덕였다.

"어차피 회사랑 집만 오가니까?"

"응."

"정말 아무것도 없는 인생이네요." 유키는 한숨을 쉬듯 대답했다. 미라이는 그 말을 무시한 채 다시 키보드를 조작했다.

"그럼 미라이 씨 혹시."

그때, 뒤쪽에서 유키를 부르는 소리가 들렸다.

"유키! 이것 좀 잠깐 와서 봐줄래?"

유키는 의자에서 일어나 급하게 그쪽으로 걸어갔다.

둘의 대화는 거기서 끝났다.

미라이는 유키가 가자 한숨을 한 번 더 쉰 다음 누군가와 대화했냐는 듯 컴퓨터로 기획안을 쓰기 시작했다.

그날, 미라이는 또 야근을 하게 되었다. 부장은 너무 무리하지 말라며 그를 격려했지만 일의 양은 그 격려와 완전히 모순됐다. 늘 제시간에 끝내지 못할 정도로 많은 양이었다.

컴퓨터를 끄고 주위를 둘러보니 사무실엔 역시 아무도 없었다. 의자에서 일어나 기지개를 켜니 몸에서 뼈들이 고통스럽다는 듯 우직한 소리를 냈다.

벽에 걸려 있는 시계를 확인했다.

22시 45분. 늦은 시간이다. 퇴근 시간보다 3시간 15분이나 늦춰졌다.

급히 책상에 있는 서류들과 짐들을 정리하고는 서류가방을 들고 회사 밖으로 나왔다.

밖으로 나오자 서늘한 밤공기가 미라이를 반겼다. 크게 심호흡을 하자 폐 속에 차가운 공기가 순환됐다. 온몸에 있는 피로가 차갑게 변해가는 느낌.

썩 기분 좋은 느낌은 아니구나, 라고 생각하며 미라이는 회사 입구 계단을 내려갔다.

집에 가는 길에 있는 편의점에서 도시락과 담배 한 갑을 사고는 다시 집으로 향했다.

주변에 사람이 없는 것을 확인하고는 담배 한 대를 꺼내 라이터로 불을 붙였다.

하지만 연기를 들이마시고 그 연기가 폐로 들어갔을 때, 미라이는 무언가 이상하다는 것을 깨달았다. 급히 담뱃갑을 꺼내 자신이 산 담배를 확인했다.

'말보루 아이스블라스트'

불편한 시원함이 미라이의 몸을 감쌌다. 미라이는 다시 한번 편의점에서의 자신을 곱씹었다. 분명 화이트라고 말했다. 최소한 아이스블라스트라고 말한 적은 없다. 이 시원함이 싫어서 아이스는 절대로 피지 않았다.

"화이트라고 말했을 텐데…" 미라이는 혼잣말하며 담배를 끄고는 옆 쓰레기통에 담뱃갑과 핀 담배를 버렸다.

신호등은 빨간색으로 빛나고 있었다. 차들은 뻥 뚫린 도로를 질주하듯 빠르게 달리고 있었다.

건너편 건널목에는 사람 한 명이 서 있었다. 검은 후드티를 입고 있는 남자. 후드를 쓰고 있었으며 그 위에 검은 항공 점퍼를 걸치고 있었다. 가로등이 없었으면 사람이 있다는 걸 눈치 못 챘을 정도로 어두운 옷차림이었다.

그때, 가로등이 그 사람의 얼굴을 비추자 그걸 본 미라이의 눈이 커졌다.

그 사람의 얼굴이 미라이와 복제인간 수준으로 닮아 있었다. 멀리 있는 데다 후드를 쓰고 있었기 때문에 자세히 보이지 않았는데도 정말 닮았단 걸 미라이는 알아차릴 수 있었다.

그는 마치 누군가를 애타게 찾는 듯 두리번거리고 있었다. 미라이는 보지 못한 것 같았다.

이내 신호가 바뀌자 그는 미라이의 반대편으로 빠르게 뛰어갔다. 횡단보도를 다 건너고 뒤를 돌아봤을 때, 그는 이미 사라진 후였다.

신호등이 다시 빨간불로 바뀌고 차가 달려가는 소리가 들리자 잠깐 나갔던 정신이 다시 제자리로 돌아왔다.

"잘못 본 건가." 혼잣말을 뱉고는 한숨을 한 번 쉬었다. 방금 전 아이스블라스트의 불쾌한 시원함이 아직도 어렴풋이 남아 있었다.

그는 몸을 돌려 아무 일 없다는 듯 다시 집으로 걸어갔다.

2

미라이가 눈을 떴을 때, 평소와 무언가 다르다는 것을 어렴풋이 느낄 수 있었다. 손을 선반으로 옮겨 옆에 충전시켜 놓은 핸드폰을 켠 다음 시간을 확인했다.

오전 7시 9분. 잠이 순식간에 달아났다.

급히 침대에서 일어나 커튼을 열어 밖을 확인하자 밖은 먹구름이 낀 채 비가 내리고 있었다. 해는 먹구름에 가려져 빛의 흔적조차 보이지 않았다.

평소 루틴보다 39분이나 늦어버렸다. 미라이는 급히 방에서 나와 출근 준비를 했다. 최대한 빨리 몸을 씻고는 서둘러 양복을 입었다. 아침밥은 건너뛰었다.

밖으로 나오자 집 안에서 본 것보다 거센 비가 내리고 있었다. 우산에 빗방울들이 떨어지는 소리가 미라이의 머리 위에서 수없이 들렸다. 그 소리가 미라이를 더욱더 불안하게 만들었다.

시모키타자와역으로 가 오다큐 오다와라선을 탄 다음 핸드폰을 꺼내 시간을 확인했다.

오전 7시 51분.

회사는 시모키타자와역에서 세 정류장 뒤인 요요기하치만역에 있었다. 북쪽 출구로 나오면 바로 회사니 열차에서 내리자마자 뛰면 촉박하지만 지각은 아니었다. 미라이는 안도의 한숨을 내쉬고 열차 안을 둘러봤다. 사람은 그리 많지 않았다. 서서 손잡이를 잡은 채 핸드폰을 보고 있는 직장인들과 화장을 하고 있는 학생들, 노약자석에 앉아 수다를 떨고 있는 노인들이 열차 안에 드문드문 있을 뿐이었다. 다른 사람들은 이미 출근했으리라. 그리고 그건 늦게 일어나지 않았을 자신도 마찬가지였으리라. 미라이는 생각했다.

회사에 도착해 황급히 의자에 앉아 벽에 걸려 있는 시계를 봤다.

오전 7시 59분. 간발의 차였다.

미라이는 슈트 소매로 이마의 땀을 닦은 후 컴퓨터의 전원 버튼을 눌렀다. 데스크톱이 시끄러운 소리를 내고 이내 모니터 화면이 켜지며 부팅되기 시작했다.

그 모습을 보곤 의자 뒤에 기대 잠시 눈을 감았다. 아침부터 너무나 무리하게 에너지를 써버렸다. 일이나 제대로 할 수 있을까.

그때, 옆에서 바늘로 찌르듯 따가운 시선이 느껴졌다. 눈을 뜨고 옆을 돌아보니 기다렸다는 듯 유키가 미라이를 보며 말을 걸어왔다.

"왜 이렇게 늦게 왔어요? 지각할 뻔했잖아요."

"늦잠을 잤어. 비가 와버리는 바람에."

유키는 미라이의 말을 듣곤 헛웃음을 치며 말했다.

"초등학생 같네요."

미라이는 그 말에 아무런 대꾸도 하지 않았다. 그저 컴퓨터가 완전히 부팅되기만을 기다리며 켜지고 있는 모니터를 응시하고 있었다.

"어제 무슨 일 있었어요?"

"아니, 딱히."

"근데 어딜 그렇게 뛰어가셨어요?"

그 말에 미라이는 컴퓨터에서 유키로 눈을 옮기곤 말했다.

"뛰어? 그게 무슨 소리야?"

"어젯밤에 검은 후드를 쓰시고 산구바시역 쪽으로 막 뛰어가시지 않으셨어요? 분명 미라이 씨였는데."

그녀의 말에 미라이는 어젯밤 기억을 곱씹었다. 몇 번이고 떠올려봐도 어디를 뛰어간 기억은 존재하지 않았다. 더군다나 산구바시 쪽으론 가까이 간 적도 없었다. 애초에 미라이의 동네는 산구바시까지 지하철로 8분, 걸어선 1시간이나 걸리는 곳이었기에 야근을 끝낸 상태로 거기에 가는 것은 불가능했다.

어제 쓰러지듯 잠들어 기억이 아무리 왜곡되었더라도 산구바시에는… 검은 후드…?

기억의 단편이 미라이의 머릿속에 스쳤다. 어제의 건널목에서 본 검은 후드. 미라이와 놀랍도록 닮았던 그 사람. 주변을 두리번거리며 어딘가로 급히 뛰어가는 모습. 그제야 이해가 안 됐던 것들이 서서히 깔끔하게 맞춰져 갔다. 유키는 그 사람을 본 것이다. 그게 확실하다고 미라이는 생각했다.

"역시 나랑 닮았구나…" 미라이의 입에서 무의식적으로 혼잣말이 나와버렸다. 유키는 그런 미라이를 미심쩍은 듯 쳐다보고 있었다.

"나도 어제 나랑 닮은 사람을 봐서 말이야. 네가 본 것도 그 사람일 거야. 검은 후드에 검은 항공 점퍼. 맞지?"

"그랬던 거 같아요."

"그럼 확실해. 그 사람이야."

그때, 컴퓨터에서 부팅음이 들리며 모니터에 바탕화면이 드러났다. 미라이는 말이 끝나기 무섭게 마우스를 조작하기 시작했다.

"그게 진짜라면 엄청나게 닮았네요. 둘이." 유키 역시 자신의 컴퓨터로 시선을 돌리며 말했다.

"그러게."

그 말을 끝으로 주변에 침묵이 찾아왔다. 사방에서 키보드 치는 소리와 마우스를 클릭하는 소리들이 들려왔다. 미라이도 서둘러 프로그램을 켰다.

"도플갱어 아닐까요?" 기획서를 쓰기 시작하자 유키가 장난스러운 말투로 입을 열었다. 초등학생 같은 유치한 말투였다.

"도플갱어?" 미라이는 키보드 타자를 치며 유키의 말에 대꾸했다.

"네. 도플갱어 아시죠? 나와 똑같이 생긴 사람이 존재하고 지구 어딘가에서 돌아다닌다는 이야기요. 그리고 내가 도플갱어와 마주치게 되면 본체인 나는 죽는 거죠."

"와, 무서워라." 기획서의 글자 크기가 너무 커 글씨 포인트를 10으로 줄였다. 할 때마다 귀찮은 작업이다.

"그럼… 미라이 씨도 결국 죽어야겠네요." 유키는 그렇게 말하곤 미라이를 보며 놀리는 듯 웃었다.

"그런 건 다 미신이야. 그저 비슷하게 생긴 사람일 뿐이고."

유키는 웃고 있던 얼굴을 이내 완전히 찡그리며 말했다.

"미라이 씨는 그게 누군지 궁금하지 않으세요?"

미라이는 그 말을 듣곤 잠시 키보드에서 손을 떼고 생각했고 그 생각은 빠르게 결론에 다다랐다.

"딱히. 뭐, 비슷하게 생긴 것 같긴 했지만 어두워서 잘 보이지도 않았고. 더군다나 세상에 날 닮은 사람은 얼마든지 있을 거야. 그 사람도 그중 하나겠지."

그 말을 듣고 유키는 깊은 한숨을 쉬고는 의자를 자신의 컴퓨터 쪽으로 돌렸다.

"정말 재미없는 사람이시네요."

이내 침묵이 돌고 키보드를 조작하는 소리가 들리기 시작했다. 저런 사람이 어떻게 좋은 실적이 나오는 건지. 미라이는 도저히 알 수 없었다.

퇴근 시간이 되고 미라이는 컴퓨터를 끄고선 책상을 정리했다. 휴식을 최대한 줄여가며 업무에 몰두한 덕분에 야근은 면할 수 있었다.

회사에서 나와 입구에 서자 하늘은 노을이 지고 있었고 건물들의 창문은 노을의 주황색을 흡수한 듯 눈부시게 변해가고 있었다. 비가 온 흔적은 그 어디에서도 찾을 수 없었다.

퇴근 시간의 회사 앞쪽 거리는 많은 인파가 붐비고 있었다. 인파 속 사람들은 이어폰이나 헤드셋을 끼고선 자기가 어딜 가는지도 모르는 듯 생기 없이 걷고 있었다.

미라이 역시 그 인파 속 한 명이 되기 위해서 입구 계단을 천천히 내려갔다.

그때, 뒤에서 미라이를 부르는 목소리가 들려왔다.

"미라이 씨!"

미라이가 뒤를 돌아보자 복도에서 유키가 달려오고 있었다. 유키는 개찰구 게이트에 출입증을 찍고는 건물을 나와 미라이 앞에 멈춰 섰다.

"왜 그렇게 뛰어와?" 미라이는 힘겹게 숨을 고르는 유키에게 말했다. 아직 계단은 4칸이 남아 있었다. 그 4칸을 빨리 안 내려간 걸 살짝 후회했다.

"집에 가세요?" 그녀는 숨을 고른 다음 진정시키고는 입을 열었다. 목이 말랐는지 목소리가 살짝 불안정했다.

"응."

"그럼 같이 가요."

"넌 산구바시 쪽 살잖아."

"오늘은 시모키타자와 쪽에 일이 있어서요." 유키는 멋쩍은 듯 웃었다.

거절해도 결국 둘의 목적지는 같은 방향이다. 그 말은 말 그대로 거절이 별로 의미가 없는 상황이라는 것이다. 거절해도 같은 방향이라는 명목으로 그녀는 미라이를 쫓아올 것이 뻔했다.

"그렇다면 뭐." 미라이는 남은 계단을 마저 내려갔다.

유키 역시 빠르게 계단을 내려가 미라이와 금세 거리를 좁혔다.

유키는 걸으면서 미라이에게 내내 말을 걸었다.

자신의 고양이에 대해 이야기하거나 얼마 전 번호를 따인 이야기, 회사에 불만스러운 점들과 상사의 뒷담 등을 마구 쏟아내며 가끔 미라이에게 실없는 질문을 해오기도 했다. 미라이는 그럴 때마다 그 이야기들을 한 귀로 듣고 한 귀로 흘리며 건성으로 대꾸하고 대답했다. 속으로는 제발 집이 빨리 가까워지기를 바라고 있었다.

슬슬 그녀의 말에 미라이가 환멸을 느낄 때쯤, 유키가 또 다른 질문을 해왔다.

"미라이 씨는 인생이 바뀌길 원하거나 달라지길 원하지 않으세요?"

미라이는 그 질문을 듣고는 살짝 놀라 그녀를 쳐다봤다. 방금 자신이 제대로 들은 건지 머릿속으로 다시 한번 생각했다.

"갑자기 질문의 분위기가 달라졌네." 미라이는 늘 그렇듯 생기 없는 말투로, 하지만 조금은 흥미로운 듯한 감정으로 입을 열었다.

유키는 얼굴에 미소를 띠었다. 미라이는 잠시 생각하다 입을 열었다.

"난 지금에 만족해. 뭐 만족이라고 할만한 것도 없지만."

"그렇게 밖에서나, 집에서나 혼자면 외롭지 않으세요?"

"난 이미 오래전부터 혼자였어. 이젠 이게 더 편하고."

"신기하네요." 유키는 그렇게 말하면서 미라이를 봤다.

"딱히 신기할 건 없는데."

"전 예전부터 제 인생이 180도 달라지길 원했거든요. 어떻게 돼도 좋으니 이 지루한 삶이 완전히 바뀌었으면 좋겠다고. 그래서 이 지루한 삶을 스스로 고집하는 사람을 보면 늘 뭔가 신기한 기분이 들었어요. 그건 미라이 씨를 보면서도 늘 들었던 생각이고요."

"요즘엔 그런 사람 많잖아. 방에만 틀어박혀 외톨이처럼 사는 사람."

"그렇긴 하죠."

해가 져 어둠이 찾아오고 많던 인파는 어느새 어둠 속으로 빨려 간 듯이 사라졌다.

둘 사이엔 꽤 오랫동안 말이 없었고 각자 계속 조용히 걷기만 할 뿐이었다. 땅에는 미라이의 로퍼 구두와 유키의 하이힐 굽이 아스팔트 땅에 불규칙적으로 부딪히는 건조한 소리만이 울렸다.

침묵이 이어질수록 그 침묵이 왠지 모르게 미라이의 심기를 불편하게 만들어 왔다.

자신이 그렇게 원하던 침묵과 고요가 찾아왔지만 그건 미라이에게 왠지 모를 굉장히 이질적인 느낌을 가져다주었다.

지금 이 자리에 있으면 안 되는 것을 본 것 같은 불편함이 미라이를 계속해서 압박했다. 눈을 돌려 흘끗 유키를 보았다.

그녀의 그 아무렇지 않은 듯 평온한 모습이 그를 더 불안하게 옥죄었다.

결국, 미라이는 마지못해 유키에게 말을 걸었다.

"네가 그런 생각을 하는 줄은 몰랐네. 평소엔 늘 밝기만 해서."

"겉으론 늘 밝죠." 유키는 앞만을 보고 걸으며 미라이의 말에 답했다.

"사람의 겉만 보면 그저 아무런 근심 걱정 없이 밝아 보여요. 항상 웃어 보이니까요. 저뿐만이 아닌 다른 사람들 거의 다가 그렇죠. 하지만 가끔씩 보면 그런 사람들은 사실 웃음이라는 가면을 쓰고 사는 거 같이 느껴져요. 내 속마음이 얼마나 망가지고 부서졌다 한들 주변에선 웃어 보이고 괜찮아 보이잖아요. 하지만 그러면서 또 큰 스트레스가 쌓이고 가면 안의 내 모습은 점점 더 썩고 결국은 붕괴하는 거예요."

"넌?"

"전… 사실 잘 모르겠어요. 지금의 제가 어떤 상태인지도. 붕괴가 됐는지 안 됐는지도. 그래서 미라이 씨가 부러운 거예요. 미라이 씨는 그런 가면 같은 게 없는 사람 같아요. 늘 자신한테나 다른 사람한테나 똑같으니까."

"음, 그런가. 하긴 난 항상 똑같이 살아왔으니까."

초등학생 때도, 중학생 때도, 고등학생 때도 늘 솔직했다. 늘 겉돌았다. 그 순간이 익숙해질 때쯤 정신을 차려보니 그의 곁에는 더 이상 사람들이 존재하지 않았다.

"살다 보니 이런 삶이 더 편해졌어. 굳이 체면 차릴 필요도 없고 일부러 웃고 맞장구쳐 줄 필요도 없어. 외롭냐고 묻는다면 절대 아니지. 난 충분히 만족하고 있어."

무언가가 그의 가슴을 찔렀다. 머릿속에 누군가가 떠올랐다. 그 누군가의 모습이 너무나 구체적이어서 미라이는 잠시 그 자리에 멈춰 섰다.

"왜 그래요?" 유키는 뒤를 돌아보며 멈춰 선 미라이에게 물었다.

"컴퓨터를 안 끄고 온 것 같아서."

"지금 진심이세요?" 유키는 그런 미라이를 경멸하듯 바라보며 진심으로 짜증을 냈다.

"아, 미안. 아무튼 난 만족해. 이제는 혼자 있는 게 더 편하게 느껴져." 미라이는 다시 걸으며 유키의 걸음걸이에 맞췄다.

"음 그렇군요… 솔직히 말해도 될까요?"

미라이는 고개를 끄덕였다.

"사실 전 그런 미라이 씨가 늘 부러웠어요. 그렇게 가면 따위 없이 있는 그대로 사는 게 저한텐 꿈이나 다름없었거든요. 전 어릴 때부터 많은 사람들한테 계속 강요를 당하고 부탁을 받으며 살아왔었어요. 예쁘고 친절해서 어딜 가든 인기가 많았고 그러다 보니 점점 거절을 잘 할 수 없는 성격이 되어버렸죠. 거절했을 때의 제 평가가 달라질까 봐 항상 겁이 났어요. 주변에서의 평판이 올라갈수록 기대에 부응해야 된다는 생각만을 하며 살게 돼버렸죠. 결국 나이를 먹고 새로운 집단에 소속될수록 겉과 속에서의 경계는 점점 명확해져 갔고 어느 순간부턴 그 모든 것이 절대 벗을 수 없는 가면이 돼버렸어요. 그래서 인생이 바뀌었으면 하는 거예요. 지금의 나라는 존재는 지워지고 완전히 다른 사람이 돼서 지금의 저 같은 겉만 번지르르한 인생이 아닌 있는 그대로의 인생을 즐기고 싶어요."

미라이는 그 말을 듣고는 생각했다. 과연 가면이 사라지면 홀가분할까. 결국 또 다른 가면이 생겨버릴 수 있는 것 아닌가. 결국 그것의 연속일 것이다.

"인생이 바뀌어도 그 인생에 만족하게 될지는 미지수잖아. 과연 있는 그대로, 즉 가면 없이 사는 게 바뀐 인생에선 가능할지도 몰라. 하지만 말이야. 어떤 형태든 결국 가면은 또 생겨버릴 거야. 처음엔 편하겠지. 가면이 없으니까. 하지만 며칠이 되고, 몇 달이 되고, 몇 년이 된다 쳐보자. 점점 그 바뀌었다의 희소성은 옅어지고 색을 잃어가게 될 거야. 그럼 이전과는 다른 가면이 또 만들어질 테고 바뀐 인생도 결국 힘들어져 또 다른 인생을 찾게 되겠지. 사회에 들어가면서 그건 피할 수 없는 것이 돼버려. 그게 무한히 반복되며 의미 없는 싸움이 되는 거야. 그저 허무의 연속이라고."

"하지만 미라이 씨는요? 미라이 씨는 뭔가 다르잖아요."

"난 어릴 때부터 늘 세상이 무서워 항상 거리를 두며 살았어. 가면을 쓸 용기 따윈 없었지. 그리고 말이야. 어쩌면 이 사회 대부분의 사람들은 이미 이 가면만 써야 하는 인생을 어쩔 수 없이 받아들이고 순응하게 된 걸지도 몰라. 모든 것이 의미 없다는 것을 깨달은 거지."

"상처도 순응해 버리는 건가요?"

"응."

"미라이 씨도 그런 사람 중 하나인 거고?"

"그럴 수도 있겠지. 아마."

"음… 그렇군요."

유키는 혼자서 조용히 무언가를 생각하더니 이윽고 말이 없어졌다. 그저 미라이를 보며 한없이 옅은 미소를 보일 뿐이었다.

그 미소를 보자 다시 한번 가슴속이 따끔거렸다. 누군가가 머릿속에 아른거렸다.

미라이는 그녀의 미소를 그저 바라보고 있을 뿐이었다.

어느새 황혼이 지고 하늘은 어두워져 있었다. 거리에 있는 가로등이 일제히 켜지기 시작했다.

유키와 미라이는 그의 집 앞에 멈춰 섰다.

"고마워. 덕분에 오랜만에 누군가랑 얘기해 봤네."

그렇게 말하며 미라이는 어색하고 조심스러운 미소를 지어 보였다.

유키는 그런 미라이를 보며 환하고 익숙한 미소를 지었다.

"근데 시모키타자와 쪽엔 무슨 일정이 있어서?"

"그냥 한번 와보고 싶었어요. 어떤 풍경인지."

"이 주변이 다 거기서 거기지 뭐."

"그래도요. 와보지 않았던 곳을 구경하면서 시간을 보내면 마음이 조금은 차분해지고 가라앉거든요."

"그래."

"고마워요. 그리고 오늘 제 얘기 들어주신 것도 고마웠어요. 조금은 도움이 된 것 같아요. 순응이라는 게 무엇인지 좀 더 고민해 봐야겠지만."

미라이는 그 말에 대답을 하지 않았다.

"그럼 내일 봐요." 그 인사를 끝으로 둘은 헤어졌다. 유키는 시모키타자와의 어느 거리로. 미라이는 자신의 집 안으로.

엘리베이터의 LED등이 어둠에 익숙해진 미라이의 동공을 수축시켰다.

열쇠로 문을 열고 집에 들어가 거실 불을 켰다. 늘 똑같은 집 풍경이 미라이를 반겼다.

가운데 있는 2인용 소파. 앞쪽 벽에 있는 20인치짜리 TV. 바닥에 깔려 있는 검은 카펫.

미라이는 소파 끝자리에 앉아 아까 그녀가 한 말을 생각해 봤다.

"180도 바뀐 인생이라…"

그게 무슨 의미가 있을까. 바뀐다 한들 무엇이 더 나아질까. 결국은 반복될 뿐이다.

TV 옆, 작은 선반 위에 있는 사진이 미라이의 눈에 들어왔다.

누군가와 같이 찍은 사진. 머리가 길고 안경을 낀 한 여자와 그 옆에 서 있는 남자. 여자는 활짝 웃고 있었고 남자는 그런 여자 옆에서 미소 짓고 있는 모습.

미라이는 눈을 감고 한숨을 쉬며 소파에 머리를 기댔다.

그렇게 미라이는 생각하는 걸 관두었다.

3

다음 날, 미라이는 늘 똑같이 새벽 6시 30분에 눈을 떴다. 따뜻하다 못해 뜨거울 정도의 아침 햇살이 미리아의 눈을 찔렀다.

커튼을 걷고 창문 너머로 서서히 밝아오는 햇빛을 보면서 어제 유키가 했던 말을 자동적으로 머릿속에 떠올렸다.

왜 그 이야기가 계속 맴돌까.

미라이가 얼른 그 생각을 머리에서 떨쳐버리고 씻으러 가려고 창문에서 몸을 돌리려 할 때였다. 맞은편 건물 4층이 눈에 들어왔다. 오래전 폐업한 패밀리 레스토랑으로 지금은 폐건물인 곳이었다.

건물 안에는 남자 두 명이 서 있었다. 한 명은 칼을 들고 있었으며 한 명은 칼을 든 그를 진정시키려 하고 있는 모습이 보였다. 밖에서 얼핏 봐도 보통 상황이 아닌 것처럼 보였다.

칼을 든 사람은 천천히 후드 모자를 벗었고 이내 미라이도 그의 얼굴이 보였다. 그리고 미라이는 칼을 든 사람의 얼굴을 보고서 온몸에 소름이 돋으며, 머리에 돌을 맞은 듯 큰 충격을 받고 아파져 왔다.

칼을 들고 있는 그 사람은 며칠 전 미라이가 마주쳤던 미라이의 도플갱어였다. 미라이는 몸이 굳어버린 상태로 그 장면을 지켜보았다. 그 상황을 정리해 보고 싶었지만, 정리는 커녕 아무 생각이 떠오르지 않았다. 생각을 할 수조차 없었다. 왜 저 사람이 저기 있고 왜 칼을 들고 있으며 도대체 무슨 일이 일어났던 것일까. 상황을 최대한 파악하려고 머리를 쥐어짜고 있을 때, 도플갱어는 결국 상대에게 칼을 겨누며 달려들었고 이내 몸싸움이 벌어졌다. 상대도 주머니에서 칼을 꺼냈고 도플갱어를 공격하며 금세 격한 싸움으로 변해갔다. 미라이는 그저 정신이 나간 채 그 처참한 광경을 지켜보고 있을 뿐이었다. 경찰에 신고를 해야 된다고 머릿속으로 생각했지만 미라이는 도저히 그 광경을 내버려두고 다른 곳을 갈 수 없었다. 경직되어 버린 듯 몸이 움직이지 않았다.

그때, 누군가가 칼에 찔렸다. 찌른 사람은 먼저 복부를 깊이 찌르고는 복부에서 칼을 뺀 다음 곧바로 목에 칼을 꽂아 버렸다. 이내 그 사람은 쓰러졌고 복부와 목에서 피를 뿜다 금방 숨이 멎은 듯 움직이지 않게 되었다.

도플갱어가 살해당했다.

도플갱어를 살해한 남자는 죽은 그의 옆에 풀썩 쓰러져 앉아 숨을 고르며 진정하는 것처럼 보였다. 머리는 헝클어져 있었으며 옷은 다 구겨져 있었고 피가 곳곳에 묻어 있었다. 이윽고 남자는 창문 쪽으로 다가와선 주위를 둘러보며 방황하기 시작했다.

마치 자기가 사람을 죽인 걸 누군가에게 들키면 안 된다는 식으로 불안한 듯 계속해서 주변을 둘러보았다. 그리고 미라이는 충격을 받아 창문 앞에 그대로 멈춰 선 채, 그 살인의 현장을 처음부터 끝까지 지켜보게 되었다.

해는 이미 환하게 떠 미라이의 온몸을 밝게 비추고 있었다.

그 순간, 남자는 미라이를 목격했다. 남자와 미라이의 눈이 마주쳤다. 5m의 직선거리를 둔, 두 채의 건물 양옆에서 서로는 서로를 마주 보고 있었다.

도플갱어를 죽인 남자는 미라이를 보고선 겁에 질린 듯 얼굴이 구겨졌다. 이윽고 자신이 죽인 시체의 얼굴과 미라이의 얼굴을 번갈아 바라보며 구겨졌던 표정은 점점 차갑게 굳어갔다.

미라이는 그 남자의 눈동자를 보고서야 정신을 차리고 그 자리에서 즉시 커튼을 다시 친 다음 겁에 질린 채 쓰러지듯 침대에 앉았다.

거실에서 전화벨 소리가 들렸다. 분명 회사일 것이다. 하지만 거실까지 나가서 전화를 받을 힘은 없었다. 다리엔 힘이 풀렸으며 머리도 하얗게 지워졌다. 그저 시끄럽고 날카로운 전화벨 소리가 조용한 집에 울려 퍼질 뿐이었다.

미라이는 점점 어둠 속으로 잠식당하기 시작했다.

몇 분이 지났을까, 침대에 앉아 아무것도 하지 않고 그저 가만히 앉아만 있었다. 정신이 차려지지 않았고, 정신을 차리고 싶지도 않았다. 그저 이 혼란과 어둠 속에 갇혀서 현실에서 일어나고 있는 일들을 잊어버리고 싶었다. 아무리 어둡고 혼란스럽더라도 지금 이 상황만이 아니면 된다고, 미라이는 그렇게 생각하며 정신을 차리지 못했다(않았다).

그때, 밖에서 초인종이 울렸다. 어둠에 갇혀 있던 정신이 확 깨어났다. 공포와 후회가 미라이의 몸을 잡아먹고 있었고 다리엔 힘이 들어가지 않았다.

초인종 소리는 계속해서 집 안에 울려댔다. 미라이는 풀린

다리로 기듯이 방문을 열고 현관문 앞까지 걸어갔다. 초인종은 멈추지 않았고 이젠 문을 두드리는 소리까지 들렸다.

"누구십니까."

미라이는 문 앞에 서서 물었다. 떨리는 목소리를 애써 감추려 노력했다.

몇 번을 반복해 누구냐 물었으나 밖에서 대답은 없었다. 인터폰이 고장 나 있었기에 문밖에서 초인종을 누르며 문을 두들기는 사람의 정체가 누군지를 확인할 방법은 문을 여는 것밖에 없었다.

하지만 누군지도 모르는 데다 자신의 신분도 밝히지 않는 사람을 상대로 문을 열어줄 수는 없었다.

겁에 질린 채 그저 문 앞에서 아무것도 하지 못하고 있자 문을 두드리는 소리는 더 격해져 왔다. 무슨 방법을 찾아야 한다. 어떻게 해야 할까. 미라이는 문 주변을 주의 깊게 살피며 방법을 찾았다.

고장 난 인터폰의 버튼을 마구 눌러봤지만 당연히 검게 물든 화면이 바뀌는 일 따윈 없었다. 진작 고치지 않았던 자신에게 엄청난 분노가 치밀기 시작했다.

문이 또 한 번 격하게 쾅쾅거렸다.

"누구십니까! 자꾸 아무 말 안 하시면 경찰 부르겠습니다!" 미라이는 아까보다 더 크게 소리쳤다. 하지만 문은 그 소리를 무시한 채 한 번 더 심하게 쾅쾅거렸다.

미라이는 두려움에 휩싸여 그저 쾅쾅대는 문을 지그시 응시했다.

문을 바라보며 다른 방법을 필사적으로 생각할 때였다. 문에 무언가가 붙어 있다는 걸 알 수 있었다.

딱 미라이의 눈높이와 딱 맞는 곳. 그곳에 있는 작고 검은 점 하나.

외시경이다. 작은 외시경이 미라이의 눈에 들어왔다.

이거다. 미라이는 재빨리 외시경에 눈을 갖다 대 그 사람이 누군지를 확인했다.

당연하게도 그 살인범이었다.

순간 속이 뒤틀리는 듯한 느낌과 함께 온몸을 짓눌러 왔다. 다리에 힘이 풀려 그대로 주저앉을 뻔했으나 어떻게든 힘을 줘서 간신히 서 있는 것을 유지했다.

그는 언제 문을 두드렸냐는 듯 아무것도 하지 않은 채 문 앞에 가만히 서 있기만 했다.

손에는 무엇인가 들고 있었고 그게 뭔지는 외시경의 각도로는 정확한 형체를 전혀 알 수 없었다.

"계속 거기 그렇게 있으시면 경찰에 신고하겠습니다." 그 말이 끝나기 무섭게 무언가가 터지는 소리가 들렸다. 아니, 무언가 발사되는 소리였다.

그리고 그 무언가는 미라이의 가슴에 박혔다. 가슴에서 피가 뿜어져 나왔다.

"으아!!" 미라이는 소리를 지르며 정신을 차리고 눈을 떴다. 그는 아까 살해 현장을 목격한 자신의 침실, 자신의 침대에 그대로 앉아 있었다. 자신의 몸 구석구석을 더듬거리며 만져보았지만 무언가가 박히거나 상처가 난 곳은 아무 데도 없었다.

무언가에 맞았다는 것이 그저 꿈이자 상상이라는 것에 안도함과 동시에 다시 긴장에 사로잡혔다.

이 살인사건 역시 꿈이길 빌며 떨리는 다리로 간신히 침대에서 일어나 커튼을 열어 폐건물을 확인했다.

하지만 창문 너머엔 여전히 시체가 있었다. 심지어 살인범은 그 자리에서 사라지기까지 했다.

그렇다면 살인이 일어난 것은 현실이다. 미라이가 그걸 목격했고 그 살인범이 없어진 것도 현실이다.

일단 범인은 도망쳤다. 그걸로 약간은 안도할 수 있었다.

미라이는 천천히 걸어가 방문을 열고 거실로 나와 식탁 위에 충전해 놓은 핸드폰을 확인했다.

부재중 전화 6통에 메시지 1개. 전화 4통은 부장, 전화 2통과 메시지는 유키한테서 온 연락이었다.

"미라이 씨, 왜 안 오세요? 무슨 일 있어요?" 메시지엔 이렇게 남겨져 있었다.

그 연락들을 지워버리고 바로 경찰에 전화를 걸었다.

"경찰서입니다. 무슨 일이시죠?"

"살해 현장을 목격했어요. 건너편 폐건물에서요."

"신고자분 주소가 어떻게 되시는지요?"

"시모키타자와 오크힐스 아파트 4층 402호입니다. 시체는 있고 범인은 사라졌어요."

"네, 바로 출동하겠습니다."

이제 괜찮을 것이다. 경찰이 오면 최소한 안전은 지켜질 것이다.

통화를 마치고 미라이는 소파에 앉아서 안도의 한숨을 내쉬었다.

아까 왔던 전화와 문자들을 다시 한번 확인하고 유키의 메시지를 다시 한번 읽어보았다.

"집에 갑자기 일이 생겼어." 미라이는 그녀에게 답장했다.

메시지 전송 버튼을 누르려고 할 때, 밖에서 초인종이 울렸다. 이번엔 상상이나 꿈이 아니었다. 분명한 현실이었다.

"경찰이십니까?" 미라이는 현관문 쪽으로 다가가며 조심스레 물었다.

하지만 문 앞으로 걸어갈 때까지 밖에선 아무런 소리도 들리지 않았다. 문득 의아함과 불안함이 몸에 퍼지듯 느껴졌다.

문 앞에 도착해 한 번 더 물으려고 입을 열었을 때, 갑자기 누군가가 문을 쾅쾅 두들기기 시작했다.

"이봐!"

문 바로 앞에서 다리가 멈췄다. 경찰이 아니다. 문은 계속해서 쾅쾅거렸다.

"제발 부탁이야! 얘기 좀 하지!"

그 살인범이었다. 아까 그 폐건물에서 사라진 그 사람이다. 미라이는 바로 확신할 수 있었다.

도망간 줄 알았던 그 살인범이 지금 미라이의 집 현관문을 세차게 두들기고 있었다.

몸은 다시 굳어갔고 점점 머리가 어지러워진다. 성대가 나가버린 듯 아무 말도 나오지 않았다.

"당신이 생각하는 그런 게 아니야! 일단 내 얘기 좀 들어봐!"

살인범은 계속 문을 두들겼다. 불쾌한 목소리가 문을 뚫고선 먹먹하게 들려오고 있었다.

그 목소리를 묻어버리듯 거실 창문 너머로 작은 소리가 조금씩 울려 퍼지기 시작했다. 사이렌 소리가 들렸다. 경찰이다.

살인범 역시 그 사이렌 소리를 들었는지 다급한 발소리가 문 너머로 들렸다.

이내 발소리는 점점 작아지며 완전히 사라진 채 밖에서 들리는 작은 사이렌 소리만이 집 안에 울려 퍼졌다.

미라이는 안도하며 신발장에 주저앉았다.

"범인이 여기 왔었다고요?" 형사는 아무것도 쓰지 않은 수첩을 쳐다보며 물었다. 모자에 가려진 눈과 눈 밑에 생긴 그림자가 왠지 모를 불편한 기운을 풍기고 있었다.

"네. 문을 두드리다가 사이렌 소리가 들리자 급하게 도망갔습니다."

"문을 두드리다…" 그는 미라이의 말을 그대로 읊으며 수첩에 적었다.

"문만 두드렸습니까? 말 같은 건 안 했어요?" 강압적인 말투와 눈을 가린 모자 그림자 때문에 미라이는 살짝 움찔했다. 급히 아까의 기억을 더듬었다.

"했습니다. 부탁이니까 얘기 좀 하자면서 나오라고…"

"문 안 열어주셨죠?"

"네. 문 앞에 가만히 있기만…"

형사는 그 내용을 모두 수첩에 적고는 이내 미라이를 쳐다봤다.

"잘하셨습니다. 그런 상황에서는 절대 문 열어주시면 안 돼요."

"네…" 모자에 가려졌던 눈매가 드러났다. 아주 선하고 사람 좋게 생긴 눈매였다. 말투와는 전혀 다른 모순적인 얼굴이었다.

이내 그 형사는 전화기를 꺼내 어딘가에 전화를 걸었다.

"밖에 수상한 사람 없는지 잘 찾아봐. 인상착의?"

그는 전화하던 핸드폰을 귀에서 떼고는 미라이에게 말했다.

"혹시 범인의 인상착의 보셨습니까? 얼굴이라든지, 옷이라든지."

"아, 네. 봤습니다. 검은색 청바지에 검은 후드티를 입고 후드 모자를 쓰고 있었습니다."

그 말을 들은 경찰은 잠시 미라이를 바라보며 침묵하더니 한 번 한숨을 쉬고선 말을 꺼냈다.

"혹시 옷 말고 뭐, 다른 특징은 없었습니까? 얼굴 못 봤어요?"

얼굴… 멀리서 본 거라 확실하진 않지만 기억은 어렴풋이 났다.

"턱수염이 나 있었고 안경을 쓰고 있었습니다. 멀리서 본 거라 확실하진 않습니다."

"턱수염… 안경… 확실하진 않음…" 형사는 다시 미라이의 말을 읊조리며 수첩에 적고는 핸드폰을 귀에 갖다 댔다.

그리곤 수화기 너머로 미라이가 말한 인상착의를 그대로 설명하기 시작했다. 미라이는 옆에서 그 모습을 가만히 지켜보고 있었다.

"뭐? 없어?" 통화하던 형사의 목소리 톤이 바뀌는 것을 느꼈다. 그는 다시 핸드폰을 귀에서 떼고는 미라이를 바라봤다. 아까와는 확연히 달라진 서늘한 눈빛이었다.

"건너편 4층 폐건물?" 형사는 물었다.

"네. 맞습니다."

이내 그는 통화를 스피커폰으로 바꾼 다음 미라이가 들으라는 듯 수화기 너머로 말했다.

"너, 확실해? 정말 없는 거 맞아?"

이내 핸드폰에서 목소리가 울려 퍼졌다.

"정말 없다니까요? 시체고, 핏자국이고 아무것도 없어요."

"그렇다는데?" 형사는 미라이를 보며 심문하듯 물었다.

이해가 가지 않았다. 무슨 뜻인지는 알았지만, 머리에서 이해를 거부했다. 분명 나랑 똑같은 사람이…

"그럴 리 없습니다!" 미라이는 순간적으로 소리치며 침실의 창문으로 달려가 창문 너머로 살해 현장의 폐건물을 보았다. 믿을 수 없었다. 온몸의 감각이 예민해지고 땀이 흘러내리기 시작했다. 불행하게도 형사의 말은 사실이었다. 4층 폐건물. 살인이 일어난 그 건물 안에는 시체는 물론 핏자국도 한 방울 없었다.

"뭐야 이게…" 미라이는 모든 사고가 정지된 채로 계속해서 폐건물을 살폈다. 눈을 감았다 떠보기도 하고 머리를 때려보기도 했다.

하지만 역시 시체는 없었다. 형사는 침실로 다가와 문 벽에 기대어 이상하다는 듯 미라이를 쳐다보고 있었다. 아무것도 없는 허허벌판을 보며 열심히 짖고 있는 개를 그저 한심하게 쳐다보는 듯한 눈빛이었다.

형사가 조심히 말을 꺼냈다.

"혹시 헛것을 보거나 이러신 거라면…"

"진짜 있었다니까요! 살해 현장도 똑똑히 봤다고요!"

미라이는 형사의 말을 끊고 소리치며 말했다. 하지만 경찰은 이 상황을 전혀 이해할 수 없다는 표정을 보이고 있었다.

"근데 없잖습니까. 당신도 봤잖아요. 저 건물이 확실한 겁니까? 다른 건물이거나 다른 층인 건 아니에요?"

"아닙니다. 저 건물 4층이 맞아요. 정말입니다. 아까 그 범인이 저와 똑같이 생긴 사람의 복부를 찌르고 목을 찔러서 살해했습니다. 제가 똑똑히 봤다니까요!"

미라이는 숨 쉴 새 없이 말을 이어갔다.

형사는 그 말을 듣고 잠시 침묵했다.

"똑같이 생긴 사람이요?"

이내 깊은 한숨을 한 번 쉰 다음 말을 꺼냈다.

"그… 일단 푹 주무시고 나중에 범인이 다시 찾아오거나 그러면 연락 주시죠."

그는 미라이에게 명함을 건네고 몸을 돌려 침실을 나갔다.

하지만 미라이가 집을 나가려는 형사의 팔을 붙잡았다.

"보호 같은 건 안 해주시는 겁니까? 누가 절 노리고 있다니까요."

"문단속 철저히 하시고 누구든 절대 문 열어주시면 안 됩니다. 혹시 범인이 주변에 나타나면 그때 즉시 신고해 주시기 바랍니다."

형사는 미라이에게 고개 숙여 인사하고는 미라이의 집을

나갔다. 집은 즉시 고요해졌고 미라이는 다시 한번 홀로 남겨졌다.

4

저녁이 될 때까지 집에는 아무도 찾아오지 않았다. 밖은 노을이 지며 거리를 주황빛으로 물들였고 주변 건물들은 그 주황빛을 흡수하듯 따뜻하게 빛나고 있었다. 차갑게 겁에 질렸던 미라이의 마음도 조금씩 안정되어 갔다. 경직되어 굳었던 몸의 근육들 역시 점점 풀리고 있었다.

19시 47분. 지금쯤 퇴근하고 집에 오고 있을 시간이다. 회사를 갔을 때의 이야기지만.

뱃속에서 텅 빈 것 같은 허기짐이 느껴졌다. 하루 종일 아무것도 안 먹었으니 당연한 일이었다.

주방으로 가 냉장고를 확인했지만 집에 먹을만한 것은 3일 전, 편의점에서 사 와놓고 먹는 걸 깜빡했던 도시락뿐이었다.

다른 걸 찾아봤지만 간단히 먹을만한 건 보이지 않았다. 재료들은 많았지만 요리를 할 힘은 없었기에 결국 도시락의 포장을 뜯고 전자레인지에 돌렸다. 상했을지는 먹어보고 판단하자.

도시락이 전자레인지에서 돌아가는 것을 보곤 거실로 향하며 핸드폰 메신저에 들어갔다.

아까 유키에게 미처 답장하지 못한 메시지를 바라보며 미라이는 아까 써놓은 그 메시지의 답장 버튼을 눌렀다.

그때, 밖에서 초인종이 울렸다. 겨우 안심되었던 미라이의 몸이 또다시 불안해져 갔다.

미라이는 숨죽이며 문 쪽으로 향해 상대가 먼저 말을 꺼내길 기다렸다.

이내 초인종이 울린 지 잠깐의 침묵이 지나고 밖에서 목소리가 들려왔다.

"미라이 씨? 계세요?"

문밖에서 들리는 목소리는 아까 범인과는 다른 목소리였다. 형사의 목소리 역시 아닌, 어디서 들어본 익숙한 목소리. 여자의 목소리. 유키의 목소리였다.

문을 열어야 할까 망설였다. 혹시 함정이지 않을까라는 생각이 잠시 머리를 스쳤다. 유키를 이용해 협박하려는 것이 아닐까. 아니면 유키를 인질로 잡지 않았을까. 하지만 금방 그럴 수 없다는 결론이 나왔다. 그럴 리가 없었다. 자기가 생각해도 한심한 생각이었다. 미라이는 문 외시경을 봤다.

유키가 맞았다. 틀림없는 유키였다. 늘 보던 그 예쁜 얼굴에 하얀색 블라우스를 입고 있는 그 모습이 외시경 너머로 보였다. 미라이는 그걸 보고서야 안심하며 문을 열었다. 문을 열자 앞에는 역시 유키가 있었다. 하이힐을 신고 검은색 스커트를 입고 있었으며 상의는 하얀색 블라우스를 입고 있었다. 은은하게 향수 냄새가 풍겼다.

그에 비해 미라이의 옷차림은 아침의 잠옷 그대로였으며 몸과 머리는 씻지 않아 꾀죄죄했다. 안 씻은 냄새도 나고 있다(기분 탓일 수도 있지만).

유키의 얼굴에 놀란 기색이 가득했다. 아마 미라이의 그런 모습 때문일 것이리라. 미라이는 생각했다.

"여긴 왜 왔어?" 미라이는 애써 태연한 듯 평소의 톤을 유지하려 애썼다.

"미라이 씨. 괜찮은 거 맞아요?" 유키는 그런 미라이의 대답을 무시하고는 물었다.

"괜찮아. 오늘 그냥 일이 있었어서. 문자 보냈는데."

유키는 핸드백에서 핸드폰을 꺼내 미라이의 문자를 확인

했다.

"방금 보낸 거잖아요. 무슨 일인데요?"

뭐라 말해야 할지 생각이 나지 않았다. 곧이곧대로 말하면 상황이 더 나빠질 것만 같았다. 뇌를 통째로 세척해서 다시 끼워 넣은 것처럼 머릿속엔 아무런 거짓말이 떠오르지 않았다.

"아 몸이 조금 아파서…" 미라이가 떠올린 가장 그럴듯한 말이었다.

"조금 맞아요? 회사에 연락도 안 하시고 옷도 잠옷 상태잖아요"

"너무 힘들어서 하루 종일 자버렸거든. 아무튼, 이제는 괜찮아졌어. 너무 걱정하지 않아도 돼."

유키는 말을 하려고 입을 열었으나 미라이는 그 말을 듣지 않고 재빨리 문을 닫으려 했다.

문을 닫으면서 시선을 돌렸을 때, 우연히 복도 오른편 창문 너머에 1층 골목이 눈에 들어왔다.

어둡고 칙칙한 그 골목에 그 살인자가 서 있었다. 아까와 똑같은 옷차림으로 골목 쪽을 계속해서 어슬렁거리며 미라이의 아파트를 주시하듯 쳐다보았다.

그대로 빨리 문을 걸어 잠그고 경찰에 신고를 하고 싶었지만 지금 여기엔 유키가 있었다. 경찰에 신고하기엔 오는데 시간이 걸린다.

그 사람이 유키를 봤을까? 가능성을 무시할 순 없었다. 만약 봤다면 유키 역시 위험에 노출될 가능성이 높아진다. 모든 게 완전히 꼬여버렸다. 도대체 어디서부터.

“미라이 씨?”

어쩔 수 없이 미라이는 유키의 팔을 붙잡고선 강제로 집 안에 들였다.

“뭐 하는 거예요?” 유키는 상황 파악이 전혀 되지 않은 표정으로 미라이에게 소리쳤다.

미라이는 유키를 집에 들인 다음 복도의 창문을 보았다. 범인은 여전히 그 골목을 어슬렁거리고 있었다.

“미라이 씨, 진짜 괜찮은 거 맞아요?” 미라이가 복도를 한 번 확인하고 현관문을 닫자 동시에 유키가 물었다.

상황이 더 심각해졌다. 이젠 그 어떤 거짓말로도 통하지 않을 거라는 걸 미라이는 알아차렸다. 설령 사귀어 달라거나 같이 하룻밤을 보내자는 지금의 상황 중 그나마 가장 그럴듯한 거짓말을 한다 해도 말이다.

미라이는 한숨을 크게 쉰 다음 입을 열었다. 어색하게 얼어붙은 분위기에서 어쩔 수 없이 뿜어져 나오는 입김 같은 한숨이었다.

“유키, 지금 내가 하는 말을 믿어줄 수 있겠어?”

“미라이 씨, 무슨 말을…” 유키는 이상하다는 표정으로 미라이를 뚫어져라 쳐다보며 잠시 고민하다 말을 꺼냈다.

“유키. 내 말 들어봐. 믿어줄 수 있어?”

유키는 그런 미라이를 보고 겁을 먹은 듯 가만히 서서 미라이를 바라봤다.

“들어보고요.”

“이야기가 좀 길 거야. 일단 소파에 앉아.”

“무슨 짓을 할 줄 알고요?”

“제발, 유키. 지금 상황이 심각해.”

“네, 심각해요. 절 집에 강제로 끌어들였잖아요.”

“그걸 지금 설명하려 하잖아!” 미라이는 유키에게 소리쳤다. 유키는 반사적으로 살짝 물러섰다.

다시 정적이 흐르기 시작했다. 불편함과 기분 나쁨이 미친 듯이 미라이와 유키 두 사람을 끌어당겼다.

“미안해. 지금 내 상태가 많이 안 좋아. 다 설명할 테니까 제발 이야기 좀 들어줄래?”

미라이는 유키한테서 천천히 떨어지며 거실에 있는 소파에 앉았다.

"알겠어요. 서서 들을게요." 유키는 자기가 서 있는 그 자리에서 가만히 미라이를 바라봤다.

미라이는 어디서부터 운을 떼어야 할지 고민하다 천천히 입을 열었다.

"살인마가 날 노리고 있어." 미라이는 바로 본론부터 들어가며 유키를 쳐다봤다. 역시나 전혀 믿지 않는 눈빛이었다.

"며칠 전 목격했던 그 도플갱어 알지? 네가 산구바시에서 목격했던. 그 녀석이 어떤 살인마한테 살해당했어. 그것도 오늘 아침에 말이야. 그리고 그 살해 현장을 내가 목격했고."

"경찰에 신고는 했어요?" 유키는 미라이에게 물었다. 아무 감정도 느껴지지 않았다. 느낄 수 없었다.

"당연하지. 하지만 경찰이 왔을 때 시체는 사라져 있었어. 아마 경찰이 오는 사이에 시체를 치워서 살해 사실을 은폐해 버렸겠지."

"그걸 어떻게 봤어요?"

"침실에서 창문을 보면 건너편에 폐건물이 보여. 그 폐건물에서 살인이 일어났어."

"저를 집에 끌고 온 이유는 뭐죠?"

"복도에 있는 창문을 봤을 때, 건너편 1층 골목에 그 살인마가 있었어. 내가 그대로 돌려보내면 저놈이 널 어떻게 할지 모르니까."

유키는 질문을 멈추고 침묵했다. 할 말을 생각하지 못하는 듯 보였다.

"믿을 수 있겠어?" 미라이는 그런 유키에게 조심스럽게 물었지만 유키는 미라이의 말을 무시한 채 계속 침묵하기만 했다. 그 침묵은 몇 분째 이어졌다.

"저…" 미라이가 말을 꺼내려 할 때 유키는 미라이를 보며 입을 열었다.

"전 가볼게요."

"지금? 안 돼. 아직 너무 위험해."

미라이는 소파에서 황급히 일어나 현관으로 향하는 유키의 팔을 붙잡았다.

"네가 믿든 안 믿든 그건 네 자유겠지만 이건 실제상황이야. 나 때문에 너까지 위험에 말려들게 할 순 없어."

유키는 그 말을 듣고는 미라이의 손을 살며시 풀며 말했다.

"전 미라이 씨 말 믿어요. 정말이에요."

그리곤 미라이를 향해 살짝 미소 지으며 말을 이었다.

"전 괜찮을 거예요. 그리고 그건 미라이 씨도 마찬가지고요."

"그런 말로 해결될 문제가 아니야. 아주 심각한 상황이라고!"

"만약 제게 무슨 일이 일어난다 해도 그건 제 운명이고 제 책임일 뿐이에요. 미라이 씨는 신경 쓰실 필요 없다고요."

"나 때문에 일어난 일에 네가 휘말린 거잖아. 그럼 이건 내 책임이라고."

"이 집에 온 건 제 선택이었잖아요? 그 책임은 저한테 있어요."

"그게…!" 미라이는 안절부절못하며 말했다. 평소의 미라이와는 전혀 다른, 완전히 처음 보는 모습이었다. 유키는 그런 미라이의 모습을 보며 말했다.

"미라이 씨는 두려우세요?"

"이 상황에 안 두려우면 제정신이 아니지."

유키는 그 말에 살짝 웃었다.

"지금 웃을 상황이 아니라고. 도대체 뭐가 웃긴 거야?" 미라이는 그런 유키가 아니꼬운 듯 말했다.

"미라이 씨의 이런 모습을 처음 봐서요. 근데 이런 모습도 나쁘지 않네요."

유키는 그렇게 말하며 활짝 웃었다. 맑고 순수하면서도 알 수 없는 슬픔이 들어가 있는 듯한 그런 웃음이 그녀의 얼굴에 퍼졌다.

"유키, 제발…"

"미라이 씨는 모르셨겠지만, 전 미라이 씨를 좋아했어요. 미라이 씨의 차가우면서도 계속 생각나게 하는 말투와 이렇게 남을 지켜주려는 행동이 좋아요. 무관심한 듯하면서도 상대의 말을 듣고 같이 생각해 주시는 그런 면을 전 늘 동경하고 좋아했어요. 그리고 제가 지금까지 봐왔던 미라이 씨라면. 무슨 일이 생기더라도 괜찮을 거라고 전 믿어요. 미라이 씨는 분명히 괜찮을 거예요. 그리고 미라이 씨가 이렇게 저를 걱정해 주시는 한 그건 저도 마찬가지고요. 그러니 너무 걱정하지 말아요. 다 괜찮아요. 저도, 미라이 씨도."

아까와는 전혀 다른 차분한 웃음이 그녀의 얼굴에 다시금 퍼졌다. 슬픔과 공허가 담겨 있는 아름다운 웃음이었다.

"그게 무슨 말도 안 되는…"

유키는 미라이에게 가까이 다가갔다. 그러곤 그의 얼굴에 부드럽게 손을 올렸다.

"내일 출근하실 땐 관리 좀 하고 오세요. 매번 집에서나 밖에서나 너무 똑같잖아요."

미라이도 그런 유키의 말을 듣곤 아주 옅지만 분명한 미소를 띠었다. 이내 자기가 미소를 짓고 있다는 사실을 인지하자 그 미소는 있었냐는 듯 갑자기 사라졌다.

미라이의 몸에 있던 불안과 흥분이 점점 잦아들고 이내

평온함이 천천히 찾아왔다. 언제 이런 감정을 마지막으로 느껴봤지. 가슴속이 알 수 없는 감정으로 인해 미친 듯이 사무쳤다.

"그랬으면 좋겠다…" 유키는 사람을 이끄는 힘이 있다, 미라이는 그렇게 생각했다.

그렇게 미라이와 유키는 현관문 앞에 섰다. 헤어지기 전 유키는 미라이에게 말했다.

"며칠 전 했던 얘기 기억하세요?"

"그 가면 얘기?"

"네. 그 후 순응에 대해서 몇 번이나 생각해 봤지만… 여전히 순응이 뭔지는 잘 모르겠더라고요."

"그래." 미라이는 집을 나서는 유키를 보며 중얼거렸다.

"그럼 내일 봐요." 유키는 미소 지으며 인사를 하고는 집을 나가 복도를 걸어갔다. 미라이는 유키의 걸어가는 뒷모습을 그저 지켜볼 뿐이었다.

유키의 모습이 계단을 내려가며 완전히 사라져 버렸다. 창문을 보니 그 역시 골목에서 사라져 있었다.

일단 집에 들어가려고 현관문을 닫으려 할 때, 문 앞에 무언가가 붙어 있는 걸 발견했다. 쪽지였다.

"제발 부탁이니 잠깐이라도 만나서 얘기 좀 하자고.
모든 게 다 오해에서 시작된 일이야.
근처 Life라는 바에 있겠네. 부디 와주게."

그가 보낸 쪽지였다. 글씨가 너무나 엉망이라 읽고 이해하는 데 시간이 좀 걸렸다.

미라이는 그 쪽지를 읽고선 신발장에 그대로 섰다. 이대로 바에 가면 무슨 일이 생길지 모른다. 아무리 오해라고 해도 그는 사람을 죽인 살인범이다. 정상적인 사고방식을 가졌을 리 없을 것이다. 그가 무슨 짓을 할지 전혀 감이 잡히지 않았다.

하지만 여기 가만히 있더라도 상황은 나아지지 않는다. 경찰을 불러도 시체도 없고 증거도 없어 미친놈 소리만 들을 것이며 집에만 처박혀 있는 것도 한계가 있다.

이 쪽지 역시도 증거라기엔 턱없이 부족했다. 무엇보다 그가 노리는 건 그 누구도 아닌 바로 미라이 자신이었다. 이건 결국 미라이의 일이었으며 언제까지 운명에만 의지할 순 없는 일이었다.

가만히 있을 순 없는 상황이었고 어떻게든 끝장을 봐야 했다.

결국, 미라이는 침실로 들어가 옷을 입었다. 잠옷을 벗은 다음 긴 청바지에 검은 티셔츠로 갈아입고서 그 위에 바바리코트를 입었다.

서랍을 열자 예전에 샀던 호신용 키트가 들어 있었다. 그 호신용 키트를 보면서 미라이는 잠시 망설였다.

키트를 열자 안에는 손바닥만 한 잭나이프가 반으로 접혀 있었다. 만약의 상황을 대비해 그 잭나이프를 꺼내어 주머니 깊이 넣었다.

대비를 해서 나쁠 건 없다.

모든 준비를 끝내고 아파트 밖으로 나와 쪽지에 적혀 있는 바로 향했다.

밖은 9월인데도 여름답지 않은 서늘한 바람이 불어왔다.

미라이는 핸드폰을 켜 지도로 Life라는 이름의 바를 검색했다. 미라이의 집에서 10분을 걸어가면 나오는 골목 안에 있었다.

현재 시간은 22시를 지나고 있었다.

5

미라이는 걸어가며 아까 유키와의 대화를 곱씹어 보았다. 그녀의 말엔 사건이 해결될 수 있는 방법이나 단서 같은 건 하나도 없었다. 그저 감정으로만 가득 찬 위로였다. 그저 미라이의 장점을 나열하며 미라이가 좋다고 말했을 뿐, 어쩌면 그건 위로보단 고백에 더 가까웠을지도 모른다. 하지만 그 감정으로만 가득 찬 고백은 미라이의 마음을 평온하게 만들어 주었고 지금 미라이를 바로 향하게 만들었다. 그 말은 왜 이렇게까지 자신의 가슴속 깊은 곳까지 닿았을까. 그녀는 도대체 누구일까. 그런 생각을 하며 미라이는 자신의 운명을 받아들이고 그저 묵묵히 나아가는 그런 유키의 모습을 떠올렸다. 그녀는 자신의 운명을 받아들이고 자기의 책임을 반드시 따랐다. 그저 혼자 묵묵히. 자신의 선택을 후회하지 않고 걸어갔다.

어쩌면 미라이는 그런 유키의 모습에 동요되었을 수도 있다고 생각했다. 유키가 있어서 다행이었다.

그런 생각들을 하면서 걸으니 미라이는 어느새 골목 앞 바 입구에 도착했다. 골목은 가로등은 물론, 그 어떤 불빛도 존재하지 않았다. 바의 입구에 네온사인 간판이 있긴 했지만 그걸로는 부족한, 어둡고 칙칙한 분위기였다. 바도 그 칙칙함을 뽐내는 듯 지하로 연결되는 계단으로 이어졌다.

계단을 내려가 입구에 서서 손잡이에 손을 얹고는 한 번 깊게 한숨을 쉬었다. 많은 의미가 함축되어 있는 무거운 한숨이었다. 고개를 내리고 눈을 감았다. 들어가자. 들어가자. 들어가서 끝을 맺어보자. 내일 회사에 출근하자. 유키를 만나자.

고개를 다시 올리고 문을 당겨 바 안으로 들어갔다.

바에 들어가자 바텐더가 고개를 숙여 인사하며 미라이를 맞이했다. 바 안은 불을 다 꺼놓은 듯 어두웠으며 음악으론 퀸의 〈보헤미안 랩소디〉가 흐르고 있었다. 바 안에는 사람이 거의 없었다. 단골로 보이는 노인 두 명이 바 테이블에서 수다를 떨고 있었으며 40대로 보이는 남녀가 같이 차분히 얘기를 하고 있었다. 부부 같아 보이진 않았다. 사람은 없지만 음악과 대화 소리가 커서 조용하다고 느껴지진 않았다.

주위를 둘러보며 그를 찾았다. 입구 쪽 테이블에선 모습이 보이지 않아 바의 구석 쪽으로 걸어가며 바를 전체적으로 둘러봤다. 끝 쪽에 다다르자 그가 앉아 있는 모습이 보였다. 구석진 테이블 자리. 여전히 입고 있는 검은 후드와 검은 청바지. 여전히 쓰고 있는 후드 모자가 어두운 바의 분위기에 그대로 흡수된 것 같았다.

미라이는 바 테이블 앞으로 가 바텐더에게 스카치를 달라고 한 다음 그가 앉아 있는 테이블에 앉았다.

"안 올 줄 알았는데. 와줘서 고맙군." 그는 테이블만을 응시한 채 중얼거렸다. 분명하고 정확한 목소리가 음악에 묻히지 않을 정도로 또렷했다.

"그 오해라는 게 뭐지?" 미라이는 조심스러운 말투로 그에게 물었다.

"모든 건 사고였어. 나도 이틀 전, 당신과 닮은 사람이 나와 닮은 사람을 죽이는 걸 목격했어. 경찰에 신고했지만 경찰은 믿어주지 않았지. 결국 당신과 닮은 사람은 날 쫓기 시작했고 난 밤부터 계속 도망 다녔어. 전철을 타고, 택시를 타고, 정말 필사적으로 몸을 숨겨가며 그를 피했어. 그러면서 저녁이었던 시간은 밤이 되고, 밤이었던 시간은 새벽이 되고, 그도, 나도 점점 지쳐갔지. 정신을 차리고 주위를 봤을 땐 시모키타자와까지 와 있었고 피할 곳이 더 이상 없었던 나머지 폐건물로 들어갔어. 그에게 어떻게든 설득을 했으나 그는 이미 맛이 간 상태더군. 내 말을 들으려 하지 않고 칼을 들며 나에게 덤벼들었어. 결국 몸싸움이 벌어졌고 난 살기 위해 어쩔 수 없이 그를 찔러버렸어. 그 순간 우리의 눈이 마주쳐 버렸지."

미라이는 그 얘기를 듣고 잠시 생각하곤 그를 노려보며 말했다.

"그걸 내가 어떻게 믿지?"

그는 한숨을 쉬고선 입을 열었다.

"자네가 경찰에 신고했을 때 시체와 핏자국은 없어져 있었어. 맞지?"

미라이는 그 말을 듣곤 범인의 눈을 응시하며 고개를 작게 끄덕였다.

"난 시체와 핏자국을 치우지도 않았을뿐더러, 설사 치웠다 하더라도 그런 촉박한 시간 속에서 그렇게 완벽한 상태로 치우는 건 절대 불가능해. 뭔가 잘못되고 있어. 이상하다고. 이틀 전 내가 신고했을 때도 시체와 핏자국은 사라져 있었어." 그의 말은 떨리고 있었다.

미라이는 그 이야기를 가만히 듣고 있었다.

그때, 바텐더가 테이블에 다가와 스카치를 올려놓았다. 미라이는 그 스카치에 둥둥 떠 있는 얼음을 잠시 동안 바라봤다.

"요점이 뭐지?" 미라이는 고개를 들어 그를 쳐다보며 말했다.

"이 일은 이제 여기서 끝냈으면 해. 목격자는 자네뿐이니 자네만 눈감으면 없었던 일이 될 거고 그게 서로한테 좋을 거야."

미라이는 그의 말을 듣고는 잠시 망설이다 대답했다.

"경찰에게 사정을 설명하는 게 나을 거 같은데. 이렇게 끝내는 건 아무리 생각해도 나한테 있어선 너무 찝찝하고 불안해."

"경찰이 이런 말을 들으면 믿어줄 것 같나? 당신도 아까 경찰에 신고했었지. 경찰이 뭐라던가."

미라이는 그 말에 대답하지 못했다.

"그거 보게나. 더군다나 이번엔 미친놈 소리로 끝나지도 않을 거야. 내가 죽였다는 증거는 아무것도 없어. 그러니 당신만 가만히 있어준다면 없던 일로 끝낼 수 있다고. 제발 부탁이니 여기서 끝내게나."

그의 목소리는 여전히 떨리고 있었다. 두려운 것이다.

미라이는 그의 말을 듣고는 고민에 빠졌다. 그의 말에는 어느 정도 동의했다. 경찰은 지금 상황에선 전혀 소용없을 뿐이다. 말을 듣지도 않으며 살인을 자백해도 더 피곤해질 뿐이니까. 하지만 그렇다고 여기서 끝낸다 하더라도 그가 날 내버려둘 것이란 보장은 없다. 오히려 상황이 더 위험해질 수도 있다. 그는 엄연한 살인자이며 내 집이 어딘지도 이미 알고 있는 상태다. 더군다나 지금 그의 꼴을 보면 정신이 멀쩡한 사람도 아닌 것 같아 보였다.

"미안하지만 그렇겐 안 되겠네. 이대로 끝낸다고 말해도 당신이 날 어떻게 할지는 알 수 없어. 당신은 사람을 죽였고 내 집이 어딘지도 알고 있으니까. 나랑 같이 경찰서에 가지. 내가 아니라고 말해주겠네. 분명 잘 풀릴 수 있을 거야."

범인은 그 말을 듣고는 한숨을 쉬었다. 그리고선 자신이 시킨 위스키를 한 모금 크게 들이켜고는 잠시 생각을 하다가 미라이에게 말했다.

"날 믿지 못하는군."

"당연한 거 아니야? 당신은 살인자야. 어느 누가 살인자 말을 믿고 '그래, 없었던 일로 하지.'라 말하고 끝내겠나? 당신이 안 간다면 나라도 경찰서에 가서 진상을 말하겠네. 이게 제일 좋게 해결하는 방법이야. 부탁하네."

둘 사이엔 정적이 흘렀다. 불편한 정적이었다. 그는 무언가를 계속 고민하는 듯 보였다. 몸은 미세하게 떨리고 있었으며 아직 아침의 충격에서 헤어 나오지 못한 모습이었다. 미라이는 점점 더 초조함을 느껴갔다.

그때, 그의 주머니에서 무언가가 흘러내리며 미라이의 발밑에 떨어졌다. 미라이는 그걸 주워선 뭔지 확인했다.

'교직원 신분증'. 그 문구를 보자 미라이는 살짝 놀랐다. 교사? 이런 사람이? 조심스레 그에게 신분증을 건넸다.

"고맙네." 그는 그걸 다시 주머니에 찔러 넣었다.

"교산가?"

그는 고개를 끄덕였다.

"고등학교에서 윤리를 가르치고 있어."

그 말에 미라이는 한 번 더 놀랐다. 너무나 모순적인 순간 아닌가.

"윤리…" 미라이는 소리 내어 그 단어를 곱씹었다.

"며칠 전, 어떤 학생이 묻더군. 순응한다는 건 어떤 것이냐고."

그 말을 들은 미라이는 황급히 그를 쳐다봤다.

"하지만 대답해 주지 못했어. 도저히 뭐라고 말할 수 없었지. 순응이라는 게 뭔지…"

"혹시 그 학생 이름을 아나?" 미라이는 황급히 그에게 물었다.

"츠무기였을 거야. 성은 나도 자세히 기억나지 않는군. 왜 그러나, 갑자기."

"아무것도 아니야. 그냥 지인이 떠올라서."

다시 침묵이 흘렀다. 그는 계속 위스키를 홀짝였다.

아무도 말을 꺼내지 않고 침묵은 길어져만 갔다. 불안함과 불편함이 쌓여 미쳐버리기 직전, 그는 입을 열었다.

"이봐, 잘 듣게나. 우리 둘은 살인 현장의 목격자이자 피해자야. 그것도 단 2일 만에 벌어진 각각 두 살인사건의 목격자이자 피해자라고. 뭔가 이상한 점을 못 찾겠나?"

"그래. 당신은 결국엔 사람을 죽였고 그저 피해자가 아닌 가해자라는 신분까지 추가됐지."

"그건 정당방위였어. 그자가 날 먼저 덮치려 했다고. 살기 위해서 어쩔 수 없었어."

그는 그렇게 말하곤 잠시 침묵하다 다시 말을 꺼냈다.

"당신은 남이 당신을 죽이려고 덮쳐들 때 그대로 당할 건가? 아니면 반격할 건가?"

미라이는 대답하지 못했다.

"그거 보게나. 선뜻 대답을 못 하지. 하긴 누가 제대로 된 답을 고를 수 있겠나. 그렇지만 말이야. 모든 것엔 선택이 따르고 결국엔 그게 무슨 갈래로 뻗어나가든 답을 골라야 해. 난 내 나름대로 최선의 답을 고른 거야. 그런 희망 따위 없는 상황에서 최선의 답을 고른 거라고."

"그럼 당신의 그 선택과 답을 경찰한테 가서 말해보라고. 정당방위였다고 말이야. 그렇게 대단한 신념마냥 주장해 놓고 왜 법은 피하는 거지? 결국 당신도 무서운 거라고."

"이런 망할… 나랑 똑같은 신세면서 입은 잘 터는군. 아까도 말했잖나. 만약에 자네가 경찰이면 그 말을 믿겠냐고 말이야. 이런 상황에 그렇게 법만을 따지고 살다니."

그의 말투에서 점점 공격성이 드러나기 시작했다.

미라이는 그런 그가 한심해 보일 뿐이었다. 한숨을 한 번 깊게 쉰 다음 말을 꺼냈다.

"물론 그 마음을 모르는 건 아니야. 나한테도 그런 상황이 오면 선불리 답을 하지 못하겠지. 하지만 말이야. 이렇게 끝내면 나중엔 사건이 더 커질 거야. 그 사람의 신원이 밝혀지고, 실종신고가 되며 사건이 부풀려질 거라고. 돌이킬 수 없을 정도로 말이야. 그땐 어떻게 할 건가?"

"아직도 이상한 점을 못 찾았어? 그 사람에겐 신원 따윈 없어. 모르겠나?" 그가 낮지만 분명한 목소리로 말했다.

"뭐라고?" 미라이는 이해가 되지 않는다는 눈빛으로 그를 보고는 말했다.

"자네도 참 멍청하군. 아직도 이 상황이 이해가 안 가는 건가? 내가 죽인 사람은 단순히 당신과 닮은 도플갱어 같은 게 아니야. 이건…"

미라이는 그의 말을 끊고는 화를 내면서 말했다.

"더는 못 들어주겠군. 미쳤어. 당신은 미쳤다고. 사람을 죽인 주제에 아까부터 자꾸 이상한 소리만 해대는군. 이해해주려 한 내가 바보였지."

그 말을 하고 미라이는 일어나 그 자리를 뜨려 했다. 여기 더 있으면 시간만 아까울 뿐이라고 미라이는 생각했다. 이런 사람에게 그동안 벌벌 떨고 있던 자신이 너무나 한심하고 무능해 보였다.

그때, 범인이 주머니에서 무언가를 꺼내 미라이의 목에 대고 위협했다.

회칼이었다.

방금 전까지만 해도 그를 깔보던 미라이가 그에 의해 한 순간에 죽음의 문턱 앞에 서 있었다.

하지만 주변에선 아무도 그들을 발견하지 못했다. 그저 자기들끼리 계속 웃고 떠들 뿐이었다. 스피커에서는 이름 모를 시끄러운 메탈 음악이 나오고 있었고 바는 어두웠으며 우리는 더욱더 어두운 구석 자리에 있었다. 그는 미라이의 목에 칼을 대고 자기 잔에 있던 산토리를 비운 다음 속삭였다.

"나도 이렇게까지 하긴 싫었고 그래서 기회를 준 거야. 우리 둘이 원만히 끝낼 수 있게 선택과 답을 제시해 준 거라고. 하지만 당신은 그걸 걷어찼고. 그럼 결국엔 이 방법뿐이네. 이건 당신이 고른 답이야."

미라이는 그 칼끝을 보며 무력하게 공포에 떨고 있었다.

심장 박동이 점점 빨라져 숨이 멎을 것 같았고, 식은땀이 머리를 천천히 적셔가기 시작했다.

그는 칼을 목에 더 깊이 들이밀었다. 미라이는 필사적으로 생각했다. 진짜로 자신을 죽일 생각인가? 아니다. 그는 여기서 미라이를 죽이지 못한다. 다른 곳이면 몰라도 여긴 사람들이 많다.

그는 자신이 살인자가 되는 걸 원치 않아 나를 여기까지 부른 것이고 여기서 미라이를 죽이면 수많은 증인 속에 그는 진짜 살인자가 되어버린다.

그는 그저 미라이가 자신의 제안에 응해주길 바라는 것이다. 즉 미라이를 협박하고 있는 것이다.

그 생각을 함과 동시에 미라이의 눈에 스카치 잔이 눈에 들어왔다.

"알았네, 알았어. 자네 말대로 하지. 여기서 끝내." 미라이는 조용하되 분명한 목소리로 그에게 속삭이듯 말했다.

"칼을 꺼내니 아무것도 못 하는군. 그저 한 마리의 쥐새끼처럼 무력하면서 왜 그렇게 깨어 있는 척 유난을 떠는 건가."

그는 이내 미라이의 목에서 천천히 칼을 치웠다. 그리고 안심한 듯 자리에 앉았다.

미라이는 머리로 경찰서의 거리를 생각했다. 여기서 뛰어서 5분 거리다. 충분하다.

미라이는 왼손을 이용하여 천천히 술잔을 들었다. 그런 다음 조심히 한 모금 마신 다음 그에게 스카치 잔을 던졌다. 그는 그걸 맞음과 동시에 소리를 지르며 균형을 잃고 의자에서 쓰러져 바닥에 넘어졌다. 큰 소리가 들림과 동시에 사람들이 우리를 바라보았고 미라이는 책상을 엎어 넘어트린 다음 바에서 달려 나왔다.

"이 새끼가!" 뒤에서 그가 소리치는 것이 들렸다. 그걸 무시하고 필사적으로 달리기 시작했다.

경찰서로 간다. 오직 그 생각만을 하면서 달렸다. 경찰서에만 도착하면 모든 게 다 해결될 것이다.

뒤에선 그가 쫓아오고 있었다. 속도가 빨라 멀었던 거리는 점점 가까워져 갔다.

방심하는 순간 잡힌다. 오직 그 생각만을 되뇌며 어두운 거리를 미친 듯이 달렸다.

얼마나 달렸을까. 몸에 점점 힘이 빠져갈 때쯤 앞에 있는 파출소의 건물 불빛이 눈에 들어왔다.

살았다. 이제 모든 게 끝났다. 미라이는 파출소로 뛰어가 입구 문을 당겼다.

하지만 문은 꿈쩍도 하지 않았다. 당겨도, 밀어도 전혀 열리지 않았다. 문 틈엔 도어록이 잠겨 있었고 잠긴 문 안에 켜져 있는 밝은 불빛은 어두운 거리와 미라이를 비출 뿐이었다.

"거기 누구 없습니까!" 미라이는 파출소 문을 미친 듯이 두들기며 소리쳤지만 문은 열리지 않았다. 열릴 리 없었다.

왜 하필 지금 문이 닫혀 있을까. 애초에 파출소의 문이 닫혀 있는 게 말이 되는 일인가.

"이봐!" 그의 목소리가 들려왔다. 그의 모습이 어두운 거리에 퍼진 파출소 불빛에 의해 흐릿하게 보이기 시작했다.

결국, 미라이는 파출소를 뒤로하고 근처 대로변까지 최대한 빠르게 뛰어갔다. 다른 파출소가 어디에 있는지 머릿속을 열심히 굴렸지만 머릿속은 오직 뛰는 데에만 집중한 채 생각할 기회를 주지 않았다.

대로변에 도착했지만 상황은 변하지 않았다. 갈 수 있는 길은 미라이가 지금까지 뛰어왔던 뒤쪽 길밖엔 없었다. 양옆은 차도였으며 앞은 신호등이었고 켜질 기미를 보이지 않았다. 그리고 지금까지 미라이가 뛰어왔던 뒤에선 그가 미라이를 향해 뛰어오고 있었다.

혼란에 빠져 머리가 돌아가지 않았다. 숨이 확 막히며 시야가 좁아지기 시작했다. 눈이 멀어버린 듯 앞이 잘 보이지 않았다.

미라이는 급히 도로 주변을 살폈다. 빠져나갈 길이 있는지, 차가 멈춰 있는 곳이 있는지 사방을 돌아보며 가능성을 확인했다.

앞에서 오는 차와 마주쳤다. 차 위에 달려 있는 하얀 간판. 노란 색깔.

택시가 보였다. 택시가 이쪽을 향해서 오고 있었다. 게다가 빈 차였다. 숨이 트이고 시야가 풀렸다.

"택시!" 미라이는 급히 택시 쪽으로 달려갔고 택시의 문은 천천히 열렸다.

"출발해 주세요, 빨리!" 이내 택시는 액셀을 밟고 그를 앞지르며 출발했다. 뒷창문으로 그의 모습을 확인했다. 택시를 보며 소리치곤 이내 숨을 고르는 듯 주저앉았다. 뭐라고 소리치는지는 택시 안에선 들리지 않았다.

그런 그를 주위 사람들은 이상하다는 듯 잠깐 동안 쳐다보곤 다시 자기들의 갈 길을 걸어갔다.

"어디로 모실까요?" 몸을 돌려 택시에 제대로 등을 기대고 앉았을 때 택시 기사가 룸미러로 미라이를 바라보며 물었다.

어디로 가야 할까. 그러고 보니 돈이 있나? 미라이는 주머니를 뒤졌지만, 지갑은 없었다. 아까 챙긴 잭나이프와 술을 사기 위해서 챙긴 2,000엔(그러고 보니 술값도 내지 않고 도망쳤다), 그리고 교통카드가 있을 뿐이었다. 불행 중 다행이었다. 산구바시 쪽으로 가서 열차를 타고 근처 파출소로 가면 된다.

"산구바시역 쪽으로 가주세요."

"네, 알겠습니다." 택시 기사는 목적지를 듣고는 룸미러에서 눈을 떼며 운전에 집중하기 시작했다.

경찰에 미리 전화를 하기 위해서 핸드폰을 꺼냈지만 핸드폰의 전원은 이미 꺼져 있었다.

택시 안에 있는 시계를 보니 새벽 1시가 곧이었다. 다리가 풀리고 한숨이 나왔다. 눈에 눈물이 고이기 시작했다. 무력함의 눈물이다.

택시에 탄 지 10분이 지나 산구바시역에 도착했다.

"1,900엔입니다." 택시 기사는 차를 세운 다음 미터기를 끄고는 룸미러로 미라이를 쳐다봤다.

미라이는 주머니에 있던 2,000엔을 꺼내 앞에 있는 트레이에 놓았다.

택시 문이 열리고 기사가 잔돈을 꺼내려 하자 미라이는 택시에서 내리며 말했다.

"잔돈은 됐습니다."

택시에서 내려 바로 역 안으로 들어갔다. 오다큐 오다와라선을 타고 쿄도까지만 가면 그를 완전히 따돌릴 수 있을 것이다. 이 주변은 아직 시모키타자와와 가까우니 쿄도에 가서 경찰에 신고를 하자.

그렇게 생각하며 미라이는 주머니에 있는 교통카드를 꺼내 개찰구에 찍고는 열차 승강장으로 향했다.

핸드폰으로 시간을 확인했다. 1시 45분. 쿄도역까지는 대략 30분… 도착하면 대략 2시 반 정도이다.

고개를 돌려서 전광판을 바라봤다. 오다와라역행 마지막 열차가 5분 뒤에 도착한다. 미라이는 벤치에 앉아 숨을 돌리며 눈을 감았다.

몇 분 동안 가만히 눈을 감고 있었다. 잠을 잔 건 아니다. 생각을 한 것도 아니었다. 그저 가만히 앉아 있었다. 이대로 눈을 뜨면 전부 환상이길 바라는 채로. 집이어도 회사여도 좋으니 모든 게 꿈이기를.

시끄러운 소리가 들렸다. 눈을 감고 있는 미라이의 눈에 밝은 불빛이 다가왔다. 눈을 뜨니 앞에서 열차가 들어오고 있었다. 저 마지막 열차를 타고 쿄도까지 간다.

오다와라선 안에는 술에 취한 승객 몇 명만이 의자에 앉아 자고 있었으며 전철 안은 술냄새로 가득 차 있었다. 쾌적했지만 기분이 좋진 않았다.

미라이는 전철 의자에 앉아 머리를 뒤로 돌려서 금세 나타났다 금세 사라지는 밤의 정경을 가만히 지켜보고 있었다.

그를 따돌렸다는 안도감과 이유 모를 불안감이 합쳐져서 미라이를 감쌌다. 언제부터 이렇게 된 건가. 미라이는 지난 일들을 하나씩 곱씹어 봤다.

어제 아침, 건너편의 폐건물을 봤을 때였다. 그때 폐건물에서 눈길을 떼고 보지 않았더라면 그저 일하고 퇴근한 다음 잠자리에 들었을 것이다.

자기 자신이 원망스러워 미쳐버릴 지경이었다. 안도와 자기혐오가 미라이의 머릿속에서 되도 않는 싸움을 벌이고 있었다.

그사이, 열차는 시모키타자와에 정차했다.

미라이는 고개를 앞으로 돌려 타는 승객들을 확인했다. 하지만 미라이의 칸에는 열차를 타는 사람이 한 명도 없었다. 내리는 사람 역시 없었다.

눈을 옆으로 돌려 열차 앞 칸을 확인했다. 앞 칸에서는 딱 한 명만이 열차에 탑승했다.

검은 후드와 검은 청바지를 쓴 청년. 후드 모자를 쓴 모습.

방금 전까지의 안도감이 청소기에 빨려 들어간 듯 먼지 하나 남기지 않고 한순간에 사라졌다. 마음속 깊은 곳에선 지침이 느껴졌다. 이제 모든 게 지쳤다. 그만하고 싶다. 그냥 포기하고 싶다. 메아리가 미라이의 가슴안에서 몇 번이고 울려댔다.

하지만 그런 하찮은 생각을 할 시간이 없었다. 아직 그는 이곳을 보지 못했다. 미라이는 그가 보지 않는 틈에 열차를 나가려 자리에서 일어나 문으로 뛰었다.

하지만 이미 늦었다. 문은 미라이의 앞에서 굳게 닫혔고 열차는 서서히 출발하기 시작했다.

다른 방법을 생각해야 했다. 어떻게 해야 할까. 고개를 올리자 열차 안내도가 미라이의 눈에 들어왔다. 10량 열차. 미라이는 앞에서 두 번째 칸이었고, 그는 맨 앞 칸에 있었다. 그는 아직 미라이를 보지 못했고 다음 역까지의 거리는 대략 2분. 맨 뒤 칸까지 이동한다면 충분히 역에 도착할 때까지 시간을 맞출 수 있을 것이다.

미라이는 그의 눈에 띄지 않게 빠르게 뒤 칸으로 뛰어갔다. 그 어느 칸에도 사람은 없었다.

어느덧 열차는 다음 역인 세타가야다이타역에 가까워지고 있었다. 미라이는 계속해서 뒤쪽으로 이동했다. 칸 사이에 있는 버튼을 눌러 문을 열고 즉시 다음 칸을 향해 달려나갔다.

뒤를 돌아보자 그 역시 이쪽을 향하여 오고 있었다. 그 모습을 보고 미라이는 즉시 다음 칸으로 향하기 위해 몸을 돌렸다. 하지만 더 이상 갈 곳은 존재하지 않았다. 지금 미라이가 있는 칸은 이 열차의 제일 마지막 칸이었다.

열차가 멈춰 서기 시작했다. 이대로 조금만 더. 그가 자길 보지 못하기를. 그대로 다음 역까지 향하길 미라이는 바라고 있었다.

그가 아홉 번째 칸까지 도착하여 고개를 들었을 때, 그와 미라이의 눈은 마주쳤다. 그는 미라이의 눈을 응시하고는 즉시 마지막 칸으로 뛰기 시작했다.

그때, 전철 문이 열렸다. 미라이는 그곳에서 재빨리 내렸고, 그 역시 미라이가 내리는 걸 보고는 방향을 바꿔 즉시 열차에서 따라 내렸다.

미라이는 계단을 내려와 개찰구를 지난 다음 출구로 나갔다. 밖은 소나기가 내리기 시작했으며 출구로 나오자 주변이 공사 때문에 가로막혀 있었다.

주변을 살폈지만 갈 수 있는 길은 앞에 보이는 골목밖에 없었다. 결국 미라이는 앞에 보이는 좁은 골목 안으로 달려갔다. 그도 그곳으로 미라이를 따라 들어갔다.

비를 맞으면서 미라이는 계속해서 처절하게 달리기만 할 뿐이었다. 골목에 있는 건물은 거의 다 폐건물들이었고 이상한 냄새가 골목 전체에 맴돌았다. 달빛이 들어오지 않아 앞이 보이지 않을 정도로 어두웠으며 모든 게 뒤틀린 듯한 미치도록 기분 나쁜 골목이었다.

그 골목에서 미라이는 자신을 죽이려는 자에게 쫓기고 있다.

옷이 물을 머금어 무거워지고 숨은 점점 차올랐다. 다리는 후들거릴 정도로 아파왔다.

영원히 계속될 것만 같던 골목은 점점 끝이 보이며 바깥의 빛이 희미하게 비쳤다.

미라이는 밖으로 나갈 수 있다고 안심하며 달렸으나 골목의 끝은 트럭으로 가로막혀 있었다. 사람이 오지 않을 것을 알고서 일부러 주차해 놓은 것 같았다.

범인과의 거리가 가까워졌다.

"한심해 미쳐버리겠군. 그렇게나 살고 싶어 발버둥 치면서!"

그의 소리치는 목소리가 빗소리에 가려져 희미하게 들렸다. 주변을 살폈다. 입구가 열려 있는 폐건물 한 채가 미라이의 왼쪽에 보였다.

미라이는 옆에 있는 폐건물 안으로 들어갔다.

그가 소리치는 소리를 뒤로하고 미라이는 폐건물의 끝 층까지 올라갔다. 그 무엇보다 필사적으로 달려 올라갔다. 경찰이니 길이니 그런 건 상관없다. 조금의 시간을 벌고 싶었다. 조금이라도 더 살고 싶다. 아무리 의미 없는 삶이어도, 보잘것없는 삶이라도 살고 싶다. 그런 생각들이 미라이의 온몸을 지배한 채 계속 계단을 뛰어오르게 만들었다. 아까의 미라이와는 전혀 다른 사람이 돼버린 채로.

얼마나 올랐을까, 모든 고통이 다리에 치중되고 몸이 땀과 비로 흠뻑 젖고 나서야 건물 끝 층에 도착했다. 이젠 정말 도망칠 곳이 없었다. 그리고 당연하게도 그 역시 미라이를 따라 끝 층에 도착했다.

결국, 미라이는 최후의 수단으로 잭나이프를 꺼내어 꽉 쥐었다. 끝 층에 도달하자 둘 모두 숨을 헐떡이며 고통스러워했다.

"그렇게 자신만만하게 말하더니, 살려고 별 지랄을 다 하는군." 그가 숨을 헐떡이며 말했다. 문장의 절반을 못 알아들을 정도로 격하게 숨을 헐떡이고 있었다.

"제발 그만둬. 그래, 네 제안, 그 제안대로 하지, 이대로 아무 일도 없던 것처럼 끝내자고." 미라이가 그런 그의 눈을 응시하며 말했다. 불가능하다는 걸, 알고 있었다. 하지만 그런 건 아무래도 상관없다.

"이제 와서 뭐 어쩌자고? 아까부터 느끼지만 미친 건 내가 아니라 자네야. 이 모든 건 전부 다 자네가 초래한 거라고."

그러면서 그는 칼을 들었다. 칼에는 피가 묻어 있었다.

미라이가 그 말을 머릿속에서 이해하기도 전, 그는 미라이의 복부 쪽으로 칼을 휘두르며 달려들었다.

미라이는 그걸 피하며 넘어졌고 그는 미라이의 멱살을 잡은 다음 일으켜 세웠다.

그리고 그가 칼을 들어 미라이의 복부에 칼을 찌르기 직전, 미라이는 손에 들려 있던 잭나이프로 그의 팔을 베었다.

"으악!" 그는 팔에서 피를 뿜으며 미라이의 옆구리에 칼을 찌르고 그대로 바닥에 굴러 쓰러졌다. 미라이 역시 소리치며 바닥에 넘어졌다.

서로가 고통의 비명을 지르며 쓰러졌다. 몸이 잘 움직여지지 않았다.

"이런 개새끼…"

그는 속삭이듯 말하며 다른 팔로 몸을 지탱해 일어났다. 바닥에 있는 칼을 줍고 칼을 든 채 쓰러져 있는 미라이 앞으로 다가갔다.

미라이는 그의 다리를 걷어차 다시 한번 넘어트리곤 그의 머리를 발로 강하게 찼다.

그는 머리를 몇 번 맞고는 한 번 더 머리를 차려는 미라이의 다리를 잡아 칼로 찔렀다. 미라이는 비명을 지르며, 그의 손에서 다리를 빼 자신의 다리를 부여잡았다.

그는 그 자리에서 일어나선 미라이에게 다가가 미라이의 다리에서 칼을 뺀 다음 쓰러져 있는 미라이의 팔을 살짝 베고선 말했다.

"뒤져." 빗소리에 가려져 들리지 않는 그 말과 함께 괴성을 지르며 미라이의 가슴을 찌를 기세로 덮쳐들었다.

미라이는 팔로 자신의 몸을 막았고 그가 미라이에게 넘어지며 둘의 몸은 이내 완전히 포개졌다.

미라이의 그 충격에 의해 의식이 잠시 동안 사라졌다 정신을 차렸다. 한순간에 일어난 일이었기에 한동안 상황 파악이 불가능했다. 칼에 맞았나. 느낌이 없었다. 의식을 찾으며 천천히 정신을 차리고 보니 미라이의 어깨에서 무언가의 이질감이 들었다. 고개를 밑으로 돌려 어깨 쪽을 보니 그의 회칼이 박혀 있었다. 꽤 깊숙하게 박혀 있었다.

하지만 고통은 느껴지지 않았다. 아드레날린과 엔도르핀이 폭발하여 고통을 느끼지 못하는 것 같았다. 긴장과 혼란만이 미라이가 느낄 수 있는 유일한 감각이었다.

그리고 미라이의 오른팔은 그의 목에 감겨 있었다. 아까 팔로 막으면서 그를 잡은 것이라 생각하고 그의 목에서 오른팔을 치우려 할 때 자신의 손으로 무언가를 잡고 있는 감촉이 들었다. 뭉툭하고 딱딱했다.

미라이는 자신이 잡고 있는 것에서 손을 떼고는 몸을 일으켜 자기가 잡고 있었던 것을 확인했다.

미라이가 잡고 있던 것은 다름 아닌, 자신의 잭나이프였다. 그리고 그 잭나이프는 그의 목에 아주 깊이 박혀 있었다. 그는 목에 잭나이프가 박힌 채로 눈을 뜬 채 차갑게 죽어 있었다.

미라이는 놀라 그의 몸을 옆으로 던지듯 치웠다. 그리고 상황을 파악했다.

상황 파악은 전혀 되지 않았다. 왜 그의 목에 칼이 박혔고 죽기 직전이었던 자신은 어깨에 칼이 박힌 채 살아 있는가.

결국 미라이를 죽이려던 그는 목숨을 잃었다. 그가 죽이려던 미라이 손에.

미라이는 사람을 죽였다. 더 이상 이 모든 것이 현실같이 느껴지지 않았다. 마치 모든 게 정밀하게 짜여진 연극 같았다. 현실감 따위라곤 전혀 찾아볼 수 없었다.

엄청난 충격과 죄책감과 역겨움이 미라이의 몸을 덮었다.

하지만 그 충격과 달리 그의 마음속에선 죄악감과는 반대되는 다행이라는 모순된 안심 역시 피어올랐다.

어쨌든 나는 살아남았다. 이건 어디까지나 그가 먼저 시작한 것이며 이 행동은 정당방위로 인정받을 것이다, 라는 자기 위로와 합리화를 하며 미라이는 가만히 앉아 자신의 몸을 진정시키고 있었다.

하지만 그런 생각들을 한다고 해서 진정이 되지는 않았다. 사람을 죽인 것에 대한 충격은 미라이의 상상을 초월하는 공포감이 있었다.

주변을 둘러보았다. 밖에는 여전히 비가 내리고 있었으며 건물 오른편엔 아파트가 보였다. 모두 불이 꺼진 아파트는 8층의 단 한 집만 불이 켜져 있었다. 마치 밤하늘의 암흑 속 홀로 떠 있는 별같이 어두운 아파트 속 그 한 집만이 반짝였다.

그리고 거기서는 누군가가 미라이를 지켜보고 있었다. 이 살인 현장의 목격자다. 그는 충격을 받아 몸이 굳은 채 움직이지 않고 있었다. 자세히 보이진 않았지만 아무 미동도 없이, 그저 이 상황을 바라보고 있을 뿐이라는 건 알 수 있었다.

미라이는 실눈을 뜨고 그의 얼굴을 확인했다. 7m의 직선 거리, 창문과 창문 너머에서 그 얼굴이 희미하게 보였다.

그 목격자의 얼굴은 지금껏 미라이를 쫓았고 미라이를 살해하려다 미라이에게 살해당한 그 윤리 교사의 얼굴이었다.

지금 목에 칼이 박혀 피투성이에다 차가운 시체가 된. 턱수염이 있고 안경을 쓴 이 시체와 모든 것이 완전히 똑같았다.

미라이는 온몸이 찢기는 듯한 고통과 공포에 휩싸였다. 눈물이 흐르고 식은땀이 엄청난 속도로 흐르고 있었다.

그 눈물과 땀은 옷에 머금은 한없이 차가운 빗물과 섞여갔다.

"씨발…"

이건 무언가 잘못되었다. 이건 도플갱어 따위 같은 미신이 아니다. 그런 헛소리가 절대로 아니다. 무언가 충돌되었다. 무언가 반복되고 있다.

미라이는 아파트 창문 너머의 그와 눈이 마주친 채 바닥으로 추락한 공포와 불안에 떨며 힘없이 그를 바라보고 있을 뿐이었다.

가면을 벗고 싶다. 이런 게 결국 순응이라면 순응하고 싶지 않다. 유키가 한 말이 떠올랐다.

"미라이 씨는 인생이 바뀌길 원하거나 달라지길 원하지 않으세요?"

원하지 않아. 원하지 않았어. 원하지 않을 거야. 그게 뭐든 간에. 어떤 일이든 간에 나는. 나는.. 나는...

"원해."

LP바

늘 회사, 혹은 중요한 일을 끝내면 바에 가서 술을 마시려고 노력한다.

항상 상대의 몸만을 원하며 하룻밤을 같이 보내고 싶어 안달 난 남녀들끼리 모여서 춤추고 노는 시끄러운 클럽이나, 항상 무엇인가를 배부르게 먹어야 하며, 회사를 끝낸 사람들의 목청 큰 푸념과 아재 개그들을 옆에서 같이 들어야 하는 식당과는 달리, 누구의 방해도 받지 않고선 조용히 음악을 들으며, 고급스러운 술을 음미할 수 있는 그런 소박한 행복을 위해서 늘 바에 향한다.

그리고 지금부터 할 이 이야기는 작년 겨울, 어느 바에서 실제로 겪었던 일이다. 아니, 실제로 겪었던 일일 것이라고 생각한다.

솔직하게 이야기하자면 이 이야기가 내가 겪었던 현실인지 아니면 그저 잘 때 꾼 허황된 꿈인지는 아직 나도 잘 이해가 가지 않는다. 현실이라고 믿고 싶으면서도 현실이라고 당당히 받아들이기엔 현실성이 터무니없게 낮다.

그래도 난 오늘, 그 일을 이야기해 보려 한다. 늘 평범한 인생을 살면서 겪었던 가장 기묘하고도 행복했던 그 시간과 그 장소에서의 이야기를.

1

회사 일이 끝나고 퇴근할 준비를 하고 있었다.

창밖은 이미 해가 진 채 겨울 특유의 칠흑 같은 어둠으로 덮여 있었고 다닥다닥 붙어 있는 제각각의 건물들은 인위적인 빛을 뿜으며 그 새까만 어둠을 밝히려 노력하고 있었다.

컴퓨터를 끄고 발밑에 놔두었던 가방을 책상 위에 올린 다음 지퍼를 잠갔다.

주머니에서 핸드폰을 꺼내 시간을 확인했다. '19시 12분' 평균 퇴근 시간보다 1시간이나 늦어졌다.

한숨을 한 번 쉰 다음 핸드폰을 다시 바지 주머니에 집어넣고는 의자에서 일어나 기지개를 켰다. 온몸에서 뼈들이 자기 자리로 올곧게 맞춰지는 듯 굵은 소리를 냈다. 썩 좋은 소리로는 들리지 않았다.

"오늘 한잔 안 할래요?" 옆에서 누군가 다가와 물었다. 회사 동기였다.

동기라 해봤자 그저 같이 입사한 사람에 불과했다. 이야기도 잘 하지 않는다. 최소한 난 그렇다. 업무를 제외하면 누군가와 개인적인 이야기는 별로 하지 않는다. 사람과 이야기를 한다는 건 번거로운 일이다. 그것이 그저 돈을 벌기 위해 모인 곳에서라면 더더욱.

회사에 들어오는 순간 오직 일을 하는 것에만 집중한다. 퇴근 시간에 딱 맞게 퇴근하려 애쓰고 퇴근한 다음엔 혼자 바로 가 조용한 나만의 시간을 지킨다.

필요하지 않은 한 누군가와 굳이 친목을 만들 필요도 없었다.

술자리에 가면 결국 고깃집이다. 시끄럽게 겹치는 소리들 사이에서 맥주나 마시며 "있잖아요~ 우리 부장 너무 야박하지 않아요?" 같은 푸념이나 늘어놓을 게 안 봐도 뻔했다.

"죄송합니다. 오늘은 일정이 있어서요."

"또 그 바인지 하는 곳 가는 거예요?"

"네, 음악도 들을 겸 해서요."

"부럽네요. 그런 고급스러운 곳에도 자주 가시고. 그렇게 계속 혼자 지내시면 안 외로워요? 그러다 고독사하시는 거 아니에요?" 그는 그렇게 말하면서 재밌다는 듯 웃었다.

나는 그 말을 듣고는 동기를 향해 미소 지었다. 몸에서 모든 온기가 빠져나와 버린 듯 차가워지는 느낌이 들었다. 더 이야기할 필요도, 가치도 없는 대화였다. 당장 '당신이 뭘 알아.'라고 말해주고 싶은 분노와 짜증이 몰려왔다.

"그럼, 가보겠습니다. 내일 뵙겠습니다." 그 분노를 억누르며 최대한 정중하게 말하곤 회사를 나왔다. 정중하게 보이지 않았대도, 그건 상관없었다.

바는 회사에서 도보 5분 거리다. 워낙 가까운 데다 바텐더도 친절해서 자주 가다 보니 자연스레 단골이 되었다. 사람도 별로 없어서 편하게 술을 마시기에도 좋고 바텐더에게 부탁하면 내가 원하는 재즈곡들을 틀어주기도 했다.

바와 재즈는 항상 한 존재이며 1개라도 빠져선 안 되는, 록으로 비유하자면 존 레넌과 폴 매카트니 조합 같은 것이다. 음악을 듣기 최적화된 장소와 그 장소에 최적화된 음악. 그 사실이 뫼비우스의 띠가 되어 언제까지고 유지된다. 그게 내 마음에 깊게 박힌 신념 중 하나였다.

대부분의 사람들은 재즈라는 음악이 어떤 음악인지 잘 알지 못한다. 하지만 그 점이 오히려 재즈의 장점이자 강점이 된다고 나는 늘 생각해 왔다.

재즈는 누군가와 같이 듣는 음악이 아니다. 그리고 그 사람들이 재즈를 모른다면 더더욱이 같이 들을 수 없다.

혼자 들으며 조용하지만 열정적으로 즐기는 음악. 그게 재즈라고, 난 늘 생각해 왔다.

그런 생각들이 머리에 박히며 굳어가니 재즈를 모르는 사람이 재즈를 평가하려 하는 걸 나는 그다지 좋아하지 않게 되었다.

이해도 못했으면서 평가를 할 수 있을 리 없었다.

이해를 하지 못하는 사람은 평가를 할 자격도 없다.

결국 그런 사람들을 등진 채, 나는 늘 홀로 재즈를 즐겼다. 이미 주변엔 아무도 남아 있지 않았다.

혼자 살아가는 건 익숙한 일이다. 쭉 혼자 지낼수록 느끼던 외로움은 무뎌지고 고독한 고통은 서서히 고요함으로 바뀌어 간다. 그런 식으로 나 자신을 혼자 사는 데 익숙하게 만들어 왔다. 결국 정신을 차리니 사춘기가 찾아오고 고등학생이 되어 있었다. 그리고 그제야 알아차릴 수 있었다. 나는 다른 사람들과 항상 벽을 두고 지내고 있었다. 남들과의 거리 사이엔 항상 얇은 유리벽이 있었다. 투명하고 얇아서 아무것도 없는 것 같아 보이지만 결국은 가로막힌다. 서로에게 닿을 수 없다. 평화롭고 안전하다.

성인이 되면서는 여자친구도 몇 번 사귀었고 관계도 여러 번 가졌다. 하지만 늘 비슷한 시간이 됐을 때 비슷한 이유로 이별당했다. 나에게 사랑이 느껴지지 않는다는 이유로, 애정이 떨어졌다는 이유로 전부 나를 떠났다. 당연한 결과였고 슬프거나 힘들어하지도 않았다. 오히려 뭔가 편안한 기분이 들었다.

30대가 될 동안 거의 모든 시간을 혼자서 지냈다. 필요하지 않은 한 인간관계도 늘리지 않았다. 동료는 한두 명만 있으면 충분했다.

어릴 때부터 아버지를 따라 재즈바와 뮤직바에 자주 갔었고, 그 경험은 자연스레 혼자 남은 나의 취미가 되었다. 조용히 술을 마시며 음악을 감상하는, 이보다 좋은 취미가 어디에 있겠는가.

걸어가다가 앞에서 부는 엄청난 추위의 바람에 머릿속이 하얘졌다. 어제 눈이 엄청나게 온 뒤로 오늘 날씨가 특히나 추워졌다. 두꺼운 양복에다 회색 트렌치코트를 입고, 전에 사귀었던 여자친구가 선물해 줬던 머플러까지 목에 둘렀지만, 여전히 칼 같은 바람은 내 몸 안에 들어와 폐를 냉기로 가득

차게 하고 뼈를 시리게 했다. 손은 이미 오래전에 감각을 잃었으며 새빨개져 있었다. 장갑을 끼지 않은 걸 후회했다.

고통스러운 추위를 뚫으며 바 앞에 도착했으나 나를 맞이한 것은 굳게 닫힌 바의 입구 문과 이미 눈을 잔뜩 맞고는 축축해져선 금방이라도 찢어질 것 같은 '휴가로 인하여 쉬어 갑니다.'라 써진 채 문에 붙어 있는 A4용지였다.

눈 때문에 젖은 걸 보면 최소 어제부터 바 문을 열지 않았던 거 같다.

난 재빨리 핸드폰을 꺼내선 지도 어플에 쓰여 있는 바의 정보를 훑었다.

'영업 중'. 지도 어플에는 그렇게 쓰여 있었다.

"휴가를 갈 거면 미리 말이라도 해줄 것이지…" 순간적으로 짜증이 밀려와 혼잣말이 나와버렸다.

내가 바에 마지막으로 왔던 건 5일 전이었고, 5일 전이면 이미 휴가가 결정되고도 남을 시간이었을 것이다.

핸드폰으로 시간을 확인했다. 19시 59분.

집으로 돌아갈까도 생각했지만 역시 오늘은 술을 마시지 않으면 안 된다는 생각이 들었다. 이 추운 날, 재즈와 위스키로 몸을 따뜻하게 하지 않으면 안 됐다. 추위는 점점 더 강해지고 있었고, 몸은 점점 더 떨려왔다. 이미 빨개진 채 근육이 굳어버린 듯 잘 움직이지 않는 손가락으로 핸드폰 지도 어플에 들어가 힘겹게 타자를 치며 주변의 바를 찾았다.

가장 가까운 바는 지금 이곳에서 도보로 7분이 걸리는 곳에 있었다. 7분 정도면 충분히 갈만했다. 집으로 가는 전철역과도 가까운 거리라서 충분히 합리적인 선택이다. 곧바로 발걸음을 떼며 지도를 따라 걷기 시작했다. 몸은 여전히 떨렸으며 바람은 아직 매섭게 불어오고 있었다.

지도에는 도보 7분이라고 적혀 있었으나 바가 위치한 골목 안은 아무것도 보이지 않을 정도로 어두웠다. 핸드폰으로 플래시를 켜고서 골목 안으로 들어가 바를 찾다 보니 이미 7분은 한참 지나가 있었다. 코가 얼어서 냄새가 잘 맡아지지 않았는데도 퀴퀴한 악취가 얼은 코를 찌르고 들어왔다. 분명 쓰레기를 골목에다 그대로 방치한 것이리라. 골목을 더 깊숙이 들어갈 때마다 후회는 점점 커졌다. 아무것도 보이지 않는 데다 추위는 점점 더 거세졌다. 지도는 골목에 들어온 순간부터 먹통이 되어서는, 바의 위치가 확인되지 않았다.

캄캄한 골목이 계속될수록 몸 안에 숨어 있었던 공포가

스멀스멀 기어 나오며 내 몸을 지배해 갔다. 술과 음악을 포기하고 집에 돌아가고 싶다는 생각까지 들던 찰나, 앞에서 열은 네온사인이 보였다. 낮이라면 전혀 못 보고 지나칠 정도로, 그 네온사인은 빛을 거의 잃어버린 채 희미하고 불쾌하게 깜빡이고 있었다.

난 그 네온사인이 있는 곳으로 재빨리 발걸음을 옮기며 걸어갔다. 몸에서 빛의 흔적이 있는 곳을 너무나 갈구하고 있었다. 그 빛이 무엇인지는 아무래도 상관없었다.

그곳으로 빠르게 걸어가 그 네온사인의 정체가 무엇인지 확인했다. 그리고 그 네온사인이 있던 위치가 바로, 내가 그토록 찾아 헤매던 LP바였다.

"무슨 바가 이런 깊은 곳에…" 한숨을 쉬며 속삭이듯 혼잣말을 내뱉었다. 너무 황당했던 나머지 문장은 완성되지 않은 채 공중으로 흩어져 버렸다.

눈 옆으로 무언가 흘러내렸다. 땀이다. 식은땀일까, 더워서 난 땀일까, 아니면 그 2개가 합쳐진 것일까. 무엇이든 간에 추위와 모순되는 그 축축함은 미친 듯이 불쾌하고 찝찝했다.

서둘러 이마에 흐르는 땀을 손으로 닦은 다음 바의 외관을 확인했다.

앞에는 입구와 연결된 계단이 있었다. 입구가 맞는지 의심이 들 정도로 어두웠다. 계단 5개 밑으론 아무것도 보이지 않는, 마치 끝없는 어둠으로 향할 것만 같은 입구.

그 옆 벽면에는 방금 목격했던 불쾌한 네온사인이 빛나고 있었다. 바의 제목이 써진 네온사인이다.

'Perfect Day'

분명 루 리드의 곡에서 따왔겠지. 그렇게 확신했다.

확실히 곡의 분위기와 맞는 장소다. 끝없이 어두우며, 조용하다.

하지만 분위기와는 별개로 가게 제목치고는 좀 촌스럽다는 생각이 들었다. 보통 곡의 제목을 가게 이름으로 하는 곳은 별로 없다.

그런 생각을 하며 모든 주의를 발에 쏟아부은 채로 조심조심 계단을 내려갔다. 역시 플래시를 켜지 않으면 보이지 않을 정도로 어두웠다.

거기에 더해 녹은 다음 얼어버린 눈 때문에 발이 미끄러져 두 번이나 넘어질 뻔했다. 여긴 눈도 안 치우는 건가, 참 들어가기도 전부터 모든 게 마음에 안 드는 곳이다.

계단을 다 내려와 입구 문 앞에 섰다. 계단부터가 이 모양인데 안에 들어가도 괜찮은 걸까. 문득 걱정이 들었지만 결국 문을 당기며 안으로 조심스럽게 들어갔다.

일단 들어가 보고 결정하면 된다. 혹시나 이상한 곳이면 곧바로 도망치자.

“어서 오세요.”

와인 잔을 닦던 바텐더는 내가 온 걸 단숨에 눈치채고는 곁눈질로 보며 조용하고도 차분한 인사를 건넸다.

아무 감정도, 생각도 없는 듯 깨끗하고 무감각적인 목소리였다. 그 싸늘한 인사와 바깥의 한기가 더해져 온몸에 소름이 돋았다.

목이 얼어버린 듯 목소리가 나오지 않아 고개를 살짝 숙여 인사를 하고는 눈으로 바의 구조를 슬쩍 확인했다. 이상한 곳 같아 보이진 않았다. 최소한 내가 아는 바의 모습은 맞았다. 조심스럽게 바 안으로 들어와 바테이블 구석에 자리를 잡고 앉았다.

작고 아담한 바였으며 목재로 된 기다란 바테이블이 있고 철제로 만들어진 의자가 나란히 8개 놓여 있었다. 그게 다였다. 불필요한 장식물, 사람들이 떠들 수 있는 커뮤니티 테이블 같은 건 아무것도 없었다. 오직 바테이블과 술들, 잔들이 전시된 선반, 턴테이블과 스피커, 우퍼뿐이었다. 사람 역시 나 혼자밖에 없었다.

이런 분위기. 내가 지금까지 쭉 찾아왔던, 하지만 지금까지 쭉 찾지 못해 왔던 완벽한 바의 모습 그 자체였다. 오직 음악과 술을 즐길 수 있는 완벽한 바였다.

조명도 과하지 않은 빨간색으로 빛나고 있었으며 마치 고급스러운 호텔의 바에 있는듯한 편안한 느낌을 주었다.

역시 모든 건 안을 들여다보고 판단해야 하는 것인가. 뼈저리게 느꼈다.

그렇게 바를 둘러보며 감상에 잠겨 있자 아까 들었던 무미건조한 목소리가 다시 들렸다. “음료는 뭐로 하시겠습니까?” 바텐더가 나를 바라보며 물었다.

눈동자가 공허하다. 무슨 생각을 하는지 읽을 수 없었다.

나는 잠시 동안 고민한 다음 조심스레 바텐더에게 물었다.

“가쿠빈 있습니까?”

“네, 있습니다. 그걸로 드릴까요?”

“네, 그걸로 주세요. 감사합니다.” 주문을 마치고는 위스키를 따르는 바텐더의 모습을 살폈다.

80%의 바텐더가 그러하듯 키가 크고 반듯하게 생긴, 20대 중반으로 보이는 청년이었다.

여전히 공허한 눈동자와 무얼 생각하는지 알 수 없는 무미건조한 표정이 있었다. 그리고 그 표정엔 기본으로 장착된 것만 같은 기묘한 미소가 있었다.

얼마 안 가 바텐더는 위스키 잔을 내게 건넸다. "가쿠빈입니다."

잔을 들고 한 모금 조심스레 마셨다. 늘 마시던 산토리의 가쿠빈이다.

모든 게 안정되자 지금까지 느끼지 못했던 것이 느껴졌다.

음악이 없다. 바 분위기도 완벽하고, 위스키도 좋다. 근데 그걸 더더욱 풍부하고 기분 좋게 만들어 주는 폴 매카트니가 없었다.

그렇다고 말을 하자니, 바텐더의 표정에서 나오는 왠지 모를 공포감 때문에 쉽게 말이 나오지 않았다.

20대 후반이 봐도 몸을 떨 정도로 무서운 분위기를 풍겼다. 어떻게 해도 감정을 읽을 수 없는 차가운 표정. 마음속으로 몇 번이나 망설였지만 결국 조심스럽게 바텐더에게 말을 꺼냈다.

"저, 혹시 음악 같은 건 없습니까?" 말하고 보니 좀 건방진 것 같은 말투였다. 속으로 몇 번이고 후회했다. 말한 걸 다시 입안에 욱여넣고 싶었다.

바텐더는 내 말을 듣고 날 바라보며 말했다. "원하시는 음악 있으세요?"

"재즈면 뭐든 좋습니다. 아무거나 틀어주세요." 아까보다 좀 더 부드러운 톤으로 말했다.

바텐더는 고개를 끄덕이고는 턴테이블 쪽으로 걸어갔다.

턴테이블 옆엔 커튼으로 가려진 선반이 있었다. 바텐더가 커튼을 천천히 걷자 수백 장의 레코드판들이 장르별로 나열되어 있었다. 록, 클래식, R&B, 가요 그리고 재즈까지. 없는 게 없었다.

순간 그걸 보고 놀란 동시에 몸에 작은 전율이 돋았다. 이런 거대한 규모의 레코드판은 평생 동안 한 번도 본 적 없었다. 그저 넋을 잃은 채로 그 선반을 바라봤다.

바텐더가 레코드판을 하나 꺼내자 급하게 이성을 되찾은 다음 침착한 척 위스키를 한 모금 마셨다. 그러고는 눈으로 바텐더가 고른 레코드판의 앨범표지를 확인했다.

《ART BLAKEY AND THE JAZZ MESSENGERS - MOANIN》

아트 블래키의 대표 앨범인 하드 밥 장르의 재즈곡이자 대중적으로도 많이 알려진 곡이다.

시작을 여는 데 나쁘지 않은, 오히려 좋다고 말할 수 있는 곡이었다.

바텐더는 재킷에서 레코드판을 꺼내고 턴테이블에 올려

놓은 다음 톤암을 움직여 레코드판을 재생시켰다.

한 치의 오차도 없이 깔끔하게, 불필요한 동작은 전혀 보이지 않았다.

그 모습을 보며 소리 없이 감탄했다. 어쩜 저리 깔끔할까.

턴테이블이 돌아가자 레코드판의 기분 좋고 고요한 잡음이 잠깐 들리고는 이내 〈MOANIN〉의 피아노 인트로가 들려왔다. 1번 트랙인 워밍업 파트는 건너뛰었다. 그건 살짝 아쉬웠다.

작고 아담한 바 치고는 스피커와 우퍼가 상상 이상으로 좋았다. 베이스가 연주하는 워킹의 진동은 온몸으로 퍼져가며, 피아노의 코드 진행과 트럼펫의 솔로, 드럼의 부드러운 컴핑이 제각각 다른 방향에서 들려오면서도 아름답게, 완벽하게 합쳐져 왔다.

정말 완벽한, 내가 늘 찾아 헤맸던 곳이다. 이런 좋은 곳이 왜 이제야 내게 나타난 것인가. 단골 바가 문을 닫은 것이 새삼 고맙게 느껴졌다.

난 재즈를 좋아했다, 아니 지금도 여전히 재즈를 좋아하고 있다. 하지만 재즈를 왜 좋아할까? 좋아하게 된 게 언제부터였을까? 조용히 음악을 들으며 가쿠빈을 홀짝이니 문득 그런 생각이 머릿속에 떠올랐다. 가만있어 보자… 내가 재즈를 좋아하기 시작한 건 아마 15년 전 중학생 때부터일 것이다.

2

그 시절, 재즈를 좋아하기 전 들었던 노래는 그때 유행했던 가요들과 펑크 록들이 전부였다.

좋아서 들었던 건 아니다. 그저 들을 것이 없어서 들었던 것뿐이었다. 예외는 없었다.

가수들의 신곡이 나오면 그걸 듣고는 친구들과 좋았네, 나빴네 같은 시답잖은 평가를 한다. 그러고는 친구들과 같이 음반 숍에 가서는, 요즘 나온 가수들 중 가장 좋은 가수의 CD를 구매한다. 집에 와서 그걸 돌려 듣다 1달이 지나면 방에 그대로 방치하고는 또 새로운 노래를 찾아 듣는다. 그것이 음악에 대한, 음악과 같이 시간을 보내는 유일한 순간이었다.

재즈의 영향은 아버지 때문이었다. 아버지는 재즈를 좋아하셨다. 20대 때는 공연으로 돈을 버셨다고 들었으며, 집 안방에는 항상 기타가 놓여 있었다. 할로우바디 선버스트 기타로, 재즈를 듣고 라이브를 본다면 심심찮게 볼 수 있는, 재즈에서 많이 쓰이는 기타 종류였다.

아버지는 심심하실 땐 그 기타를 연주하시곤 하셨다. 스케일이나 간단한 솔로, 그리고 다양한 재즈곡들의 테마를 방에서 열심히 연주하셨다.

하지만 아버지의 그 연주는 나에겐 늘 똑같은 소음이었다.

그 기타 소리는 내가 듣는 음악의 소리와 너무나 달랐고, 그 기타 연주의 소리는 늘 내 방까지 뚫고 들어왔다. 그래서 아버지가 연주를 하실 때면 난 항상 이어폰을 끼고 MP3로 최신가요를 들었다.

연주를 안 하실 때는 늘 턴테이블로 재즈 레코드를 들으시며 위스키를 홀짝이셨다. 어머니도 자주 그런 아버지 옆에서 책을 읽으셨다.

그러고는 일주일에 한 번씩은 꼭 나를 불러선 재즈의 장점과 자유로움을 설명해 주셨다. 그때 아버지의 표정과 눈빛이 기억난다. 무아지경에 빠진 듯 눈은 아주 먼 곳을 보고 있었다. 우리가 상상할 수 없을 정도로 먼 곳. 어린 나는 설명해 주시던 아버지의 눈을 보며 항상 그렇게 생각했다. 설명해 주시는 아버지의 목소리는 그 어느 때보다 부드러웠다. 말은 한 번도 끊기지 않았다. 마치 낭독극을 듣는 듯 편안하고 잔잔한 목소리로 쉬지 않고 내게 설명해 주셨다. 하지만 내용은 몇 번을 들어도 도저히 이해할 수 없었다.

11살의 어린아이에게 재즈란 장르의 음악은 너무나 어려울뿐더러, 관심도 전혀 없었기 때문이다.

그리고 그럴 때면 어머니는 책을 덮고는 우리를 그저 흐뭇하게 미소 지으며 바라보고 계셨다. 어머니는 그때 이미 알고 계셨을 것이다. 내가 이 이야기를 하나도 이해하지 못한 채로 그저 한 귀로만 듣고 있다는 걸, 아버지는 그것도 모른 채 나에게(아니면 상상도 할 수 없는 저 먼 곳에게) 열정적으로 재즈를 설명하시는 걸. 그걸 알기에 더더욱 흐뭇했을 것이다. 종종 그런 생각이 든다. 그리고 나도 그 생각을 하면 자연스레 미소 짓게 된다.

그로부터 3년이 지나 14살이 되고 중학교에 들어갔을 때, 중학생인 나를 아버지는 처음으로 재즈클럽에 데려갔다.

"이 정도 자랐으면 재즈를 직접 들으러 가보자꾸나." 늘 입으로 설명만 해주시던 아버지가 어느 날 내게 그렇게 말씀하셨다.

아버지의 눈에는 기대가 가득 차 있었다.

눈동자가 반짝거리는 걸 느꼈다. 설명을 해줄 때와는 확실히 다른 눈동자였다.

차마 거절할 수 없어서 결국 아버지의 말에 따라 아버지와 같이 밖으로 나갔다.

기대보단 걱정이 앞섰다. 아버지를 실망시킬까 봐, 그리고 라이브를 듣는다 한들, 아무것도 달라지지 않을까 두려웠다.

하지만 아버지는 내 머릿속에 그런 생각이 맴도는 걸 아는지 모르는지 기타를 등에 멘 채 앞장서 걸어가셨다. 10월이었는데 날씨는 벌써부터 서늘했으며 평소보다 거리가 더 어둡게 보였다. 앞에서 걷는 아버지의 등과 기타는 평소보다 훨씬 커 보였다.

머리와 겨드랑이에서 땀이 흐르기 시작했다. 더워서 나는 땀이 아니다. 신경이 예민해서 옷이 땀으로 젖는 감촉이 평소보다 더더욱 불쾌했다.

대략 20분 정도를 걸었다. 아버지는 걸어가시면서도 뒤에 있는 나에게 쭉 재즈를 설명하셨다.

맨날 하는 똑같은 이야기였지만, 오늘은 더더욱 귀에 들어오지 않았다. 머릿속에서 설명이 들어오는 것 자체를 거부하고 있었다.

“자, 다 왔다.” 아버지의 그 소리가 까마득한 어둠 깊숙한 곳에 있는 내 정신을 끄집어냈다.

그리고 정신을 차리자 난 이미 클럽 앞에 도착해 있었다.

아버지는 내 뒤에 서선 양손으로 나의 어깨를 잡고는 나를 지하에 있는 클럽으로 이끌며 계단을 내려갔다.

“자, 들어가자.” 기대에 찬 목소리다. 뒤에서 들어도 알 수 있었다.

계단을 내려가 클럽의 문을 열고 안으로 들어갔다.

클럽엔 테이블마다 사람들이 가득했다. 앞 무대에서는 피아노 트리오가 빌 에번스의 〈Waltz for Debby〉를 연주하고 있었고 연주자들 전부 꽤나 나이가 있는 사람들이었다.

옆에 있는 아버지는 카운터에서 직원과 이야기하고 있었다.

그러고는 직원에게 자리를 안내받아 제일 구석진 2인 테이블에 앉았다.

이 구석진 곳이 오늘 처음으로 마음에 들었다.

내내 머릿속에 가득했던 걱정은 점점 현실이 되어갔다. 라이브로 들어도 여전히 재즈라는 장르를 이해할 수도, 즐길 수도 없었다. 너무 잔잔했으며 벌스인지 후렴인지 구분도 가지 않았다.

계속해서 옆을 흘끗 쳐다보며 음악을 즐기는 아버지를 의식하고, 어떤 구간이(그게 솔로라는 것은 나중에 알았다.) 끝나면 박수를 치고, 앉아서 강제로 음악을 청취하는 것, 그게 내가 이곳에서 하는 일의 전부였다.

그리고 그 행위에는 '즐거움'과 '재미'라는 감각이 소실되어 있었다.

아버지도 중간부턴 나의 그런 상태를 대충은 인지하신 듯했다. 아버지의 눈동자엔 아까의 반짝반짝한 빛이 보이지 않았다. 가끔씩 눈이 마주치면 나를 보며 늘 똑같은 미소를 지을 뿐이었다.

"좋지?", "이게 재즈야." 평소의 아버지가 할 거 같은 말을 전혀 하지 않았다.

딱딱한 철제 의자에 앉아서 음악을 들은 지 30분 정도가 지났을까, 슬슬 한계가 왔다. 엉덩이는 어떻게 자세를 잡아도 아팠고, 두려움은 걱정한 것이 무색하게도 점점 짜증과 지겨움으로 바뀌어 갔다.

아버지에게 집에 가자고 조르고 싶었다.

그렇게 짜증이 잔뜩 난 채로 아버지에게 말을 꺼내려 할 때였다.

앞 무대에서 아버지의 이름이 불렸고 아버지는 그걸 듣곤 기타를 꺼내시며 내게 말하셨다.

"금방 다녀올게. 이것만 하고 집에 가자."

그러고는 의자에서 일어서 기타를 들고 무대로 나가셨다.

의아함과 드디어 해방된다는 기쁨이 나를 반겼다. 드디어 집에 갈 수 있다.

아버지는 무대로 나가선 연주자들과 이야기를 하며 웃기 시작했고, 연주자들한테 내 얘기를 하듯 손가락으로 나를 가리키기도 했다.

무슨 이야기를 하는 걸까, 나는 그런 아버지의 모습을 의자에 앉아 바라보고만 있었다.

이야기가 끝나고 모두가 자리를 잡은 다음 각자의 악기를 들었다.

색소폰, 기타, 트럼펫, 피아노, 베이스, 드럼으로 이루어진 섹스텟 세션이었다.

이전에 나오던 트리오, 콰르텟과는 확실히 다른 분위기였다. 무대가 꽉 찼다.

그리고 아버지가 마이크를 잡으시고는 부드러운 목소리로

관객들에게 말하기 시작했다.

"이번 무대의 마지막 곡인 〈Confirmation〉 들려드리도록 하겠습니다, 감사합니다."

3

음악에 심취하며 과거 생각을 한창 하고 있었다.

레코드판은 어느덧 세 번째 곡, A면까지 재생을 마치고 B면으로 넘어가기를 바라는 잡음의 공백에 들어가 있었다.

그때 바 문이 열리는 소리가 들렸다. 문 위에 붙어 있는 풍경이 맑고도 시끄럽게 울렸다.

호기심과 동시에 아쉬움이 느껴졌다. 혼자 있는 고요한 시간이 이렇게 끝나는 것인가, 나는 옆을 살짝 돌아보며 방금 들어온 그 사람의 얼굴을 슬쩍 확인했다.

그리고 나는 그 사람에게 시선을 완전히 빼앗겨 버렸다. 손에 힘이 풀려 잡고 있던 술잔을 떨어트릴 뻔했지만 다행히 잡아냈다.

30대 초반으로 보이는 여자였으며, 마치 책에서 나온 듯 환상적이고도 이상적인 모습을 하고 있었다. 등까지 내려오는 윤기 나는 짙은 갈색의 머리카락.

너무 짙지 않은 눈화장과 크고 맑고 깨끗한 눈동자, 립스틱을 바른 것 같은 입술은 바의 빨간색 조명에 비쳐 더욱 예쁘고 붉게 빛났다.

바의 분위기와 그녀의 아름다움이 완벽하게 어우러지고 있었다. 장소와 인물의 이질감이 보이지 않았다. 마치 원래부터 그 자리에 있어야 됐던 것이 마침내 찾아온 것처럼.

"어서 오세요." 바텐더는 아까와 똑같이 차갑고 무감각적인 목소리로 바에 들어오는 그녀를 보며 인사했다.

"안녕하세요." 그녀는 차분한 미소를 지으며 바텐더의 인사에 답했다.

그녀의 웃는 얼굴 역시 아름다웠다. 미소를 지을 때 지는 주름은 태어날 때부터 원래 그 자리에 있는 것만 같은 자연스러움이 느껴졌다. 그러고는 천천히 바 안으로 걸어 들어오며, 내 자리에서 정확히 2칸 떨어진 의자에 앉았다.

"진 빔으로 주세요." 그녀는 어깨에 메고 있던 백을 조심스럽게 어깨에서 풀고는 옆자리에 올려놓으며 바텐더에게 주문했다.

나는 그런 그녀의 모습을 곁눈질로 흘끗 훔쳐보았다. 옆에서 살짝만 봐도 미친 듯이 아름다운 외모다.

바텐더는 《Moanin》의 레코드판을 집어넣었다. B면을 틀지 않았다. 왜일까.

그는 다른 레코드판을 조심히 꺼내 턴테이블에 올려놓고 바늘을 옮겼다.

이내, 잠깐의 지지직거리는 정적을 깨고 〈Giant Steps〉가 스피커에서 흘러나왔다.

하지만 존 콜트레인의 버전이 아니다. 색소폰이 없으며 콜트레인 특유의 강렬한 분위기도 전혀 아니다. 더군다나 주선율은 피아노가 연주하고 있다.

토미 플래너건이다. 짧은 테마가 끝나고 이내 피아노 솔로로 들어가자 바로 눈치챌 수 있었다.

미소를 지으며 눈을 감고는 그의 솔로를 음미했다.

토미 플래너건은 그 시절 재즈 연주자 중에서도 잘 알려지진 않은 연주자다. 솔로 활동보다는 다른 연주자의 반주자로 많이 활동했으며, 50년대부터 활동을 시작했지만 꾸준히 앨범을 내기 시작했을 때는 재즈의 전성기가 다 식어가고 있는 70년대쯤이었다.

그로 인해 그 시절의 유명한 피아니스트들보다는 인지도가 현저히 적으며, 인기도 많은 편은 아니다.

하지만 난 달랐다. 피아니스트 중 그를 제일 좋아했다. 다른 사람들이 빌 에번스를 들을 동안, 허비 행콕을 들을 동안, 오스카 피터슨을 들을 동안 난 늘 토미의 앨범을 들으며 그의 피아노 선율을 즐겼다.

그가 반주자로 나온 앨범은 누구의 앨범이든 무조건 사서 들었으며 그가 솔로로 낸 앨범들은 레코드판이 닳을 정도로 돌려 들었다.

아버지가 수집한 레코드판들 중 가장 닳아 있는 건 토미 플래너건의 레코드라고 해도 과언이 아닐 정도였다.

그의 깔끔하면서도 깨끗한 피아노 솔로를 들을 때면 늘 무아지경에 빠졌다.

그의 피아노로 재즈를 배웠고, 재즈를 이해했다. 그의 곡 중에서 가장 좋아하는 곡이 있다면 그건,

“재즈 좋아하시나 보군요.” 그때 내 옆옆 자리에 앉아 있던 그녀가 내게 말을 걸었다.

머릿속이 새하얘졌다. 심장이 평소보다 빨리 뛰기 시작했다. 지금까지 몸이 이런 적은 전혀 없었다. 심지어 그게 여자

랑 잘 때가 됐다고 해도 말이다.

나는 최대한 괜찮은 척, 멀쩡한 척을 하며 조심스레 말을 꺼냈다.

"네, 뭐." 목소리가 미묘하게 떨리는 걸 느꼈다.

그녀는 계속 날 응시하고 있었다. 그 아름다운 미소는 여전히 그녀의 입에 걸려 있었다.

눈을 잘 마주 볼 수 없었다.

"어떤 연주자를 가장 좋아하시나요?" 그녀가 내게 물었다.

"아실 지 모르겠지만… 토미 플래너건이라는 피아니스트요." 심장이 요동치고 머릿속은 새하얘졌지만 이런 질문에 대해선 한 치의 망설임도 없이 답할 수 있다. 설령 상대가 토미를 모른다고 해도 난 내 의견을 굽히며 유명한 연주자의 이름을 댈 생각은 절대 없다. 모르면 설명해 주면 되는 일이다.

그 설명까지 이해하지 못한다면, 그 사람이랑 이야기할 가치는 현저히 없어져 버린다.

하지만 나의 그 말을 듣고 그녀는 작은 웃음을 터뜨렸다. 그 웃음소리는 마치, 몇십 년 동안 피아노를 연주해 온 나이 든 피아니스트가 세심하게 건반을 눌러가며 연주하는 피아노 선율같이 깨끗하고 아름다운 소리였다.

"토미 플래너건 정말 좋죠. 저도 제일 좋아하는 아티스트에요." 그녀는 차분하지만 기쁨이 담겨 있는 목소리로 말했다.

"이거 우연이네요." 그녀는 나를 보며 말을 이었다.

그 말을 듣고 몸을 살짝 움찔했다. 그 모습을 부디 그녀가 못 봤으면 했다.

재즈를 아는 사람이랑 얘기해 봐도 연주자가 아닌 이상 토미 플래너건을 아는 사람은 굉장히 적었다. 다른 사람들이 늘 몽크나 빌 에번스 같은 피아니스트의 이야기를 할 때 나는 항상 혼자서, 토미 플래너건이 누구고 그의 연주가 얼마나 좋은지를 설명해야 됐다. 심지어 그 설명의 80%는 무시당해 왔다.

하지만 이 여자는 나와 같은 아티스트를 좋아하고 있다. 그 말이 진짜인지는 모르겠지만 거짓말을 하는 말투는 전혀 아니다. 지금까지 들어본 그 누구의 말 중에서도 가장 깨끗한 어조다(그렇게 믿고 싶었다).

"가장 좋아하는 곡은 뭐예요?" 그녀는 손으로 턱을 괴고는 다시 나를 보며 물었다. 그녀는 계속해서 나에게 질문해 왔다.

내가 질문을 할 타이밍은 잡을 수 없었다. 무엇보다 질문을 할 수 있을 정도의 여유가 존재하지 않았다. 지금 느끼는 설렘을 가리며, 나의 상태가 그녀에게 어떻게 보이는지 신경 쓰는 것만 해도 충분히 벅찼다. 가만히 있는 게 신기할 정도였다.

"Confirmation." 나는 답했다. 속으로 단답을 해버린 것에 후회했다.

"원래는 찰리 파커의 곡이지만… 토미 플래너건 버전이 더 취향에 맞더라고요."

나는 급히 입을 열어 문장을 추가해 말했다.

말이 너무 급했나, 아니면 너무 늦었나, 모르겠다. 이상하게 보이지만 않았으면 좋겠다고 생각했다.

그러자 그녀는 살짝 놀란 듯 눈이 커지며 미소가 더더욱 깊어졌다.

"이거 엄청난 우연인데요?"

그녀는 어조에는 약간의 흥분과 기쁨이 들어가 있었다.

"그럼 그쪽도…" 나는 다시 한번 되물었다.

"네, 맞아요. 〈Confirmation〉 정말 좋아해요. 토미 플래너건의 정수라고 말할 수 있을 정도로요."

심장이 요동쳤다. 얼굴이 살짝 뜨거워진 걸 느꼈다. 무슨 감정 때문인지 잘 알 수 없었다. 알고 싶지 않았다. 그걸 아는 순간 모든 게 없어질 것만 같았다. 직감적으로 그걸 느꼈다.

이럴 확률이 얼마나 될까, 지금 당장 칠판으로 가서 분필을 들고 계산이라도 해보고 싶었다.

"이거 정말 신기하네요. 토미를 아는 사람은 몇 없을 것이라고 생각했는데." 최대한 감정이 드러나지 않게 답했다. 하지만 너무 무덤덤하게 나온 건 아닐지 걱정이 되었다.

그녀는 날 보며 똑같은 미소를 지어 보였다. 말은 하지 않았다.

그 말을 끝으로 짧은 침묵이 흘렀고, 타이밍의 틈이 보였다.

"그를 왜 좋아하시죠?" 입을 열어 드디어 그녀에게 첫 질문을 했다.

그녀는 생각을 정리하는 듯, 앞 선반에 있는 술병들을 바라보다가 이내 입을 열어 내 질문에 답했다.

"그의 피아노 테크닉은 어느 때는 굉장히 화려하면서도 때로는 감정에 치중된 듯 따뜻하고 정겨운 느낌을 줘요. 뭔가 과거의 즐거운 기억과 향수들을 다시 생각나게 해주는 느낌이랄까… 가슴속에 있는 상처들을 어루만져 주며 위로해 주는 듯한 그런 느낌이 특히나 좋아요."

따뜻하고 정겹다. 그게 그녀가 느낀 토미에 대한 감상평이었다. 깨끗하고 깔끔하다고 평가한 나랑은 너무나 다른 감상이었다. 하지만 그녀의 생각엔 반박을 할 이유도, 꼬투리도 없다. 재즈란 원래 그만큼 자유로운 것이다. 그날의 감정에 따라 솔로의 의미가 변한다. 같은 솔로여도 그날의 기분에 따라, 그 솔로가 주는 의미와 감상은 완전히 바뀌어 버린다.

그리고 그게 내가 재즈를 듣는 이유기도 했다.

"정말 좋은 감상이군요. 따뜻하다라…"

"감사해요." 그렇게 말하며 그녀는 활짝 웃었다. 그녀의 새하얗고 가지런한 이가 드러났다.

그녀의 '감사하다.'는 말과 그 웃음은 진정됐던 얼굴을 다시 달아오르게 만들었다.

재빨리 잔을 들어 가쿠빈을 한 모금 크게 들이켰다. 목이 타오르는 것 같았다.

바텐더는 우리의 얘기를 듣고 있다는 듯 A면이 끝나자 레코드판을 바꿔서 또 다른 재즈 앨범을 재생했다. 이곳은 정말 B면은 틀지 않는 것인가.

《The Cats》

총 네 명의 연주자가 콰르텟으로 참여한 앨범으로, 그 중 색소폰은 존이, 피아노는 토미가 맡은 앨범이기도 하다.

잠깐의 지지직거리는 공백이 지나가자 1번 트랙의 곡

〈Minor Mishap〉이 스피커로 흘러나오기 시작했다.

그녀는 그 곡이 나오자 만족스럽다는 듯 웃음소리를 냈다.

나는 그런 그녀를 보며 조심스레 물었다.

"이 곡도 좋아하시나 봐요?"

"네, 〈Minor Mishap〉. 존도 좋아하거든요."

그녀는 눈을 감고 음악을 들으며 말했다.

그런 그녀의 모습은 그녀가 진심으로 재즈를 즐기는 사람이란 걸 알려주는 것 같았다.

어쩌면 나보다도 재즈를 좋아하고 즐기는 사람이지 않을까.

테마가 끝나고 존의 솔로가 시작되었다. 나는 그 솔로를 들으며 진심으로 감탄했다.

"존의 색소폰은 거침없이 울부짖는 듯한 테너의 소리가 정말 좋아요. 솔로의 틈 같은 건 전혀 없죠. 공백을 최대한 줄이면서 어떻게든 화려한 스케일과 기교로 미친듯한 솔로를 완성시켜 내는 것 같아요."

말을 하고 깨달았다. 실수다. 감탄해선 나도 모르게 존의 설명을 늘어놔 버렸다. 명백한 실수다.

"표현을 엄청나게 잘하시네요. 계속 짧게만 대답하셔서 하셔서 몰랐는데." 설명을 듣고 그녀는 감탄한 듯, 그리고 나를 놀리는 듯 말을 꺼냈다.

"하하 감사합니다. 사실 누군가와 재즈에 대해서 이렇게 깊이 얘기하는 건 처음이라서 자동적으로 말이 나와버렸네요." 다행이다. 나쁘게 들리지만은 않았던 것 같다(아니면 그저 내 비위를 맞춰준 걸수도 있겠지만).

그녀도 내 웃음을 보곤 같이 미소 지었다.

그 이야기를 끝으로 잠깐의 평화로운 침묵이 흐르고 있었다. 나는 가쿠빈을 마지막으로 마셔 잔을 비우고는 그녀에게 물었다.

"혹시 무슨 일을 하세요?"

그때 바의 빨간 조명들이 살짝 깜빡거렸다. 아주 살짝, 조명에 집중하지 않으면 못 볼 정도였다.

"지금은 아무것도 안 하고 있어요. 잠깐 마음의 안정을 찾느라." 그녀는 선반을 바라보며 말했다.

"사실 전 아주 먼 곳에 살아요." 그 말을 하는 그녀의 목소리엔 오묘하고 복잡한 감정이 담겨 있었다. 그리고 그 오묘함 속엔 미세한 슬픔과 그리움이 담겨 있었다.

그런 건 묻지 마세요. 그녀의 모습은 마치 그렇게 말하고 있는 것 같았다.

"죄송합니다. 괜히 그런 걸 물어서."

"아뇨, 괜찮아요. 오히려 제가 죄송하네요." 그녀는 살짝 웃어 보이고는 짐 빔을 한 모금 마셨다.

다시 한번 침묵이 찾아왔다. 그리고 그 침묵은 몇 분 동안 쭉 계속되었다. 서로를 처음 봤기에, 함부로 말을 꺼낼 소재도, 명분도 존재하지 않았다. 그저 음악만이 이 어색함의 틈을 간신히 메워주고 있었다.

어느새 레코드판의 A면이 끝나자 틈이 더욱 커져갔다.

무안함과 어색함이 그 틈 안으로 점점 들어오기 시작했다.

"재즈는 언제부터 좋아하셨어요?"

그녀도 그걸 느꼈는지 입을 열어 침묵을 깨버렸다.

"중학생 때부터요."

"중학생 때부터요? 보통 중학생 때 재즈를 듣는 사람은 많지 않은데. 보통의 중학생들은 다 그때 나오는 새로운 가요나 화려한 노래를 많이 듣잖아요? 저도 그랬고요."

"네, 맞아요. 사실 거의 모든 중학생이 그렇죠. 그 세계는 항상 인기 있는 것만이 살아남는 세계인 거 같아요. 인기가 없거나 재미가 없으면 그대로 낙오되고는 사라져 버리죠."

문득 재즈를 알기 전 중학생 때의 과거가 생각나 씁쓸한 미소를 지으며 말했다.

"그럼 어쩌다 재즈를 좋아하게 되셨죠?" 그녀는 흥미롭다는 듯 내게 물었다.

“아버지 영향이에요. 아버지는 재즈를 엄청 좋아하셔서 맨날 기타를 치시거나 저한테 재즈를 설명해 주셨었죠. 하지만 어린 시절의 전 당연히 이해 못했고 흥미 자체도 아예 없었어요. 그러다 제가 중학교 1학년이 되었을 때, 아버지는 처음으로 저를 재즈클럽에 데리고 갔어요. 저는 거절도 못하고 억지로 끌려갔죠. 그때가 아마 피아노 베이스 드럼의 전형적인 트리오였는데, 비교적 잔잔한 곡들을 연주했어요. 잘 기억은 안 나지만 아마 빌 에번스의 노래들을 많이 연주했을 거예요.”

말투에선 점점, 자신이 있었던 일을 부모에게 설명하는 어린아이 같은 흥분과 기쁨이 드러나기 시작했다.

“전 그저 지루해하며 듣는 둥 마는 둥 앉아 있었어요. 의자 때문에 엉덩이는 아프고 빨리 집에나 가고 싶었죠. 의자가 어찌나 구리던지요. 바닥에 앉는 게 나았겠어요.”

내가 그 말을 하자 그녀는 웃음을 터뜨렸다.

나도 덩달아 웃었다.

“그런데 그때 갑자기 아버지가 기타를 들고 무대로 나가셨어요. 전 전혀 몰랐죠. 무슨 상황인지도, 어찌 된 건지도요. 그리고 세션도 갑자기 확 늘어났어요. 이전의 트리오가 아닌 섹스텟이 되었죠. 그리고 그때 아버지가 마이크를 잡으시며 하신 말이 아직까지 기억나요."

그날의 기억 하나하나가 생생하게 머릿속에 떠올랐다.

"뭐라고 하셨는데요?" 그녀는 물었다.

4

“이번 무대의 마지막 곡인 〈Confirmation〉 들려드리도록 하겠습니다. 감사합니다.”

“그리고 시작됐어요. 지금까지 봐왔던 라이브와는 확연히 다른 종류의 음악이요. 잔잔한 쿨재즈가 아닌, 모든 악기가 그 신나는 멜로디를 합에 맞춰 연주하는 〈Confirmation〉이 등장했죠. 경쾌한 테마가 귀에 들어오고, 저는 자연스레 그 세계에 빨려 들어가기 시작했어요. 금관 한 명, 한 명의 솔로 소리가 클럽을 가득 채우고, 그 솔로가 전부 즉흥적으로 이루어지고 있다는 것에 입을 벌리고 정신이 나간 채 재즈라는 세계에 빠져들었죠. 방금 전까지만 해도 아팠던 엉덩이는 감쪽같이 괜찮아졌어요.

금관의 솔로가 끝나자 박수가 울려퍼졌고 기타를 메신 아버지가 등장했어요. 앉아서 기타를 치시는 아버지의 모습, 이전과는 전혀 다른 그런 열정적인 모습을 저는 그때 처음 봤어요. 그 모습을 보며, 왠지 모르게 감정이 복받쳐 눈물이 나오는 거 있죠. 이 모습을 보여주려고 나에게 그렇게 설명을 하셨나 싶기도 하고요."

바로 그때, 그녀는 조심히 내 눈가에 검지손가락을 대고는 흐르는 눈물을 조심스레 닦아주었다. 그녀의 손은 부드럽고 따뜻했다. 온기가 가득한 손이었다.

정신을 차리자, 그녀는 어느새 내 바로 옆자리에 앉아 있었다. 언제 자리를 옮긴 것일까, 이야기에 빠져서 전혀 눈치 채지 못했다.

나는 놀라 신음하며 몸을 살짝 움찔거렸다. 심장이 굉장히 빨리 뛰었다.

"죄송해요. 눈물을 흘리시길래…" 내가 살짝 움찔하자 그녀는 빠르게 손을 떼고는 말했다.

"아, 아닙니다. 감사합니다." 나는 얼굴을 살짝 붉히며 말했다.

"계속해 주세요. 듣고 싶어요." 그녀는 다시 미소 지으며 내게 말했다.

나는 심호흡을 한 번 한 다음 그녀를 보며 말을 이었다.

"그렇게 마지막 곡이 끝나고 저는 일어나서 진심을 다해 박수 쳤어요. 눈물을 줄줄 흘리면서요. 이전까지 아버지 옆에서 따라 치던 감정 없는 박수가 아닌, 진심으로 재즈를 즐기는 사람으로서의 진심 어린 박수였죠. 지금 생각해 보면 참 우스꽝스러운 꼴이었을 거예요. 그때 무대 앞에서 제 박수를 보는 아버지의 땀으로 젖은 머리와 옷, 그리고 그 표정. 정말 잊히지가 않아요."

그날, 공연이 끝나고 나는 아버지와 같이 집으로 향하고 있었다. 아버지는 아무 말도 없으셨다. 그저 만족스러운 미소를 지으며 걸으실 뿐이었다. 난 그런 아버지한테 용기를 냈다. 처음으로, 생전 처음으로 모든 용기를 끌어냈다.

"아빠, 집에 가면… 또 재즈 들려주세요."

아버지는 날 보고 그저 아무 일 없다는 듯 똑같은 미소를 지으며 대답하셨다.

"그러자꾸나."

어느덧 레코드는 세 번째 곡인 〈Eclypso〉의 기타 솔로가 나오고 있었다.

나는 그 솔로를 들으며 다시 한번 정신을 차리고 그녀에게 말했다.

"죄송해요. 너무 제 이야기만 늘어놔 버렸네요."

하지만 그녀는 작게 박수를 치며 고개를 저었다.

"아니에요, 정말 좋은 이야기였어요. 정말 부러워요. 그런 아버지를 두셨다는 게."

나는 허공을 보며 웃었다.

"그러게요." 혼잣말하듯 작게 대답했다.

"그쪽은요? 재즈를 왜 좋아하세요?" 이번엔 내가 그녀에게 되물었다.

그녀는 잠시 뜸을 들이고는, 한숨을 한 번 쉰 다음 입을 열었다.

"자유로워져요. 제 삶은 항상 어딘가에 갇혀 있는 것 같은 느낌이 드는데, 가끔씩 그걸 견디기가 너무나 힘들게 느껴질 때가 있거든요. 하지만 그럴 때마다 재즈를 들으면 그런 답답한 느낌은 감쪽같이 사라져 버린 채, 갇혀 있는 곳에서 탈출하는, 자유롭고 해방되는 듯한 느낌을 받아요. 그 모든 게 그저 착각이라고 하더라도요. 마치 새가 철창을 탈출한 다음 광활하고 푸르른 하늘을 마음껏 날아다니는 것만 같은 느낌이에요. 전 재즈를 20대 후반에 처음 들었어요. 당신보

단 훨씬 후에 재즈를 접했고 재즈를 안 지 그렇게 오래되지도 않았죠. 그때는… 삶이 너무 힘들어서 스스로 세상을 떠나기 직전이었어요. 모든 걸 잃고, 이젠 전부 끝내자라는 결심을 하게 된 날이었죠. 이미 제가 보는 세상은 색을 전부 잃어버린 뒤였고, 여기서 더 살아봐야 의미도 없다고 생각했어요. 결국 결심을 끝낸 채, 강으로 향하며 천천히 거리를 걷고 있었어요. 세상을 떠나자고 결심을 했어도, 이 세상이 모든 색을 잃었어도, 죽는 게 두려운 건 어쩔 수 없었는지 발은 최대한 천천히 걸어갔죠. 그때 지나가던 건물 밖에서 연주 소리가 들리더라고요. 거기가 바로 재즈바였어요. 그냥 지나칠까 하다가 소리가 하도 크게 나길래, 어차피 곧 죽을 건데 죽기 전에 들어가서 공연이나 보고 오자, 라는 마음으로 바 안에 들어가서 아무 테이블에나 앉았죠. 사람은 별로 없었어요. 저를 포함해서 일곱 명 정도. 그때 재즈를 처음 들었었는데, 듣자마자 재즈라는 음악에 빠져들었어요. 그 자유롭고도 규칙적인 데다, 예상을 뛰어넘는 멜로디와 솔로는 죽음의 문턱에 서 있던 저를 재즈라는 새로운 세계로 이끌었어요. 정말 오랜만에 살아 있다는 감정을 받는 순간이었죠. 지금까지 수많은 위로와 조언들을 받아도 감흥이 없던 제가 그날, 하필 세상과 연을 끊기로 결심한 날에 재즈를 듣고 무엇과도 비교할 수 없는 세상에서 가장 큰 위로를 받은 거예요. 재즈를 들으며 몸에 탈수가 올 때까지 울었어요. 주변에선 저를 쳐다보고 수군거렸죠. 하지만 눈물을 멈출 수 없었어요. 멈춰지지 않았죠. 그 눈물이 아마 죽음이었을 거라고 생각해요. 그날 이후로 죽음이라는 존재를 모두 흘려보낸 거죠. 처음엔 그게 무지 원망스럽더라고요. 왜 이 세상은 나의 죽음을 이렇게나 방해하는 걸까, 하고. 지금까지 날 도운 적도 없었으면서 왜 죽을 때가 돼서야 나를 붙잡는지, 도저히 이해가 가지 않았어요."

그녀는 잠시 침묵하고는 눈을 살짝 비빈 다음 말을 이었다.

"공연이 끝나고 바 밖으로 나와 담배를 피고 있었어요. 그때 그날 알토 색소폰을 연주했던 연주자가 악기를 챙긴 채로 바에서 나오더라고요. 그러고는 바 입구 옆에 서 있는 저한테 연주를 들으러 와줘서 고맙다고 인사를 하고는 활짝 웃었어요. 60대로 보이는 백발의 서양인이었는데 우리말을 엄청 잘하더라고요. 웃는 게 어찌나 그렇게 희망적인지… 그 웃는 얼굴을 보니 저 역시 저절로 미소가 지어졌어요. 이렇게 진심 어린 미소를 지어본 게 언제였더라. 문득 생각이 들더라고요. 그리고 그때, 세상의 색깔이 점점 선명해져 가는 걸 느꼈어요. 드디어 세상이 원래대로 보였죠. 아름다웠어요. 몇 년 만에 보는 제대로 된 세상이 너무나 아름다웠어요. 전 연주자의 손을 잡고는 진심 어린 감사 인사를 전했어요. 그 연주자의 손 감촉이 아직도 기억나요. 굳은살이 엄청나게 딱딱했죠. 고맙다고. 정말 고맙다고. 당신이 나의 인생을 바꿔줬다고, 눈물을 흘리며 감사 인사를 전했어요. 그러자 그 연주자가 제 손을 꽉 잡으며 말하더라고요."

"제가 바꾼 게 아닙니다. 재즈가 바꿔준 거죠."

"그러고는 이를 보이며 활짝 웃었어요. 인사를 하고 다시 바 안으로 들어가더라고요. 연주자와 헤어지고 방향을 바꿔 집으로 향할 땐 원망이나 죽고 싶단 생각 같은 건 이젠 완전히 사라진 후였어요. 핸드폰으로 재즈를 찾으며 집으로 걸었죠. 석양이 지고 있었고, 그 석양이 하얀 구름과 만나서 아름다운 여름 노을이 눈부시게 빛났어요. 그 후부터 힘들 때면 늘 재즈를 들어요. 항상 앉아서 재즈를 들으며 의자에 등을 기대면, 모든 게 원래대로 돌아갈 것만 같은 생각과 안정을 느끼죠."

그녀는 그 이야기를 하곤 마지막으로 잔을 들어 얼마 안 남은 짐 빔을 전부 마셨다.

나는 그녀를 걱정스럽게 쳐다보고 있었고 그녀는 내 그런 표정을 눈치챈 듯 웃으며 말했다.

"걱정하지 마요. 이제 자살 생각은 안 하고 살아요. 재즈가 있으니까."

그렇게 말하고 그녀는 벽 선반에 있는 존 콜트레인의 《Blue Train》 앨범 재킷을 가리키며 활짝 웃고는 이내 말했다.

"말하고 보니 참 부끄러운 이야기네요."

"부끄럽다니요, 오히려 제 이야기가 더 초라하게 느껴지네요. 인생이 힘들 때 재즈를 듣고 구원받은 한 여인의 이야기, 엄청나게 아름답잖아요?" 나는 미소 지으며 감탄하듯 말했다.

"그 정도는 아니거든요?" 그녀는 내 팔을 살짝 때리며 웃었다.

웃음이 멈추자, 그녀는 잔잔하고 차분한 눈빛으로 나를 바라봤다.

"정말 고마워요. 이 대화를 하면서 느꼈지만, 당신은 참 좋은 사람 같아요. 이렇게 취향이 같은 사람을 만나서 웃으며 이야기하고 있는 게 얼마 만인지 모르겠네요."

"재즈를 좋아하면 늘 생기는 문제점이잖아요. 항상 외톨이가 되죠. 하지만 전 그것도 나쁘지 않다고 생각해요. 아는 사람이 적은 만큼 서로를 만났을 때 더 깊고 좋은 이야기를 나눌 수 있죠. 재즈에 대한 자유로움, 좋아하는 연주자, 좋아하게 된 계기까지도요."

"맞는 말이에요. 마치 당신과 나처럼. 정말 고맙다고 전하고 싶어요."

그렇게 말하며 그녀는 내 손 위에 손을 얹었다.

그녀는 웃고 있었다. 아주 환하게 웃고 있었다. 진심 어린 미소였다.

내 손 위에 얹어진 그녀의 손은 부드럽고도 따뜻했다.

하지만 손의 감촉에는, 아깐 느끼지 못했던 왠지 모를 쓸쓸함이 느껴졌다.

그걸 느끼고는 나도 그녀를 향해 활짝 웃었다.

몸이 달아오르고 심장은 빨리 뛰었다.

그리고 그것 때문인지는 몰라도, 하필 그 중요한 시점에 화장실 역시 급해지기 시작했다. 마치 그녀의 말을 듣고 달아오른 마음이 나에게 화장실로 도망치라고 이끄는 것 같았다.

이 대화의 흐름을 끊고 싶지는 않았지만, 더 이상 참을 수는 없었다.

"저, 잠시 화장실 좀 다녀오겠습니다."

나는 그녀에게 그렇게 말하고 자리에서 일어섰다.

"그래요. 천천히 갔다 와요." 그녀는 눈을 감고 부드럽게 웃으며 말했다. 웃고 있는 입술이 붉게 빛났다.

급히 화장실로 가서 일을 봤다. 아마 술을 너무 빠르게 많이 마신 것 때문일 것이다. 좀 천천히 마셨어야 했다.

세면대로 향해서 손을 씻고 세수를 하며 아까 그녀 손의 감촉을 다시 생각했다. 그녀의 얼굴을 다시 생각했다. 그 생각을 하니 다시 심장이 요동쳤다.

난 그녀를 좋아하는 게 분명하다. 단순히 재즈 때문만이 아니다. 그녀와 조금이라도 더 같이 있고 싶고 다음에 한 번이라도 더 그녀를 만나고 싶었다. 결국 화장실 세면대 위에 달린 거울로 나 자신을 보며 결심했다.

전화번호를 물어보자.

얼굴을 옷으로 대충 닦은 다음 세수로 인해 헝클어진 머리를 살짝 정리하며 다시 한번 목표를 되뇌었다.

목표는 바뀌지 않았다. 전화번호를 물어본다.

화장실을 나와서 다시 바테이블로 향했다.

그녀에게 무슨 말로 시작을 열어야 할까, 이제 어떤 이야기를 해야 할까, 그런 생각을 하며 바테이블로 급히 향했다.

내가 바테이블에 도착했을 때, 테이블에 있는 것은 나의 가방과 그녀가 마신 짐 빔의 잔뿐이었다. 그녀의 모습은 그 어디에도 보이지 않았다.

5

"혹시 아까 그 여자분, 어디 가셨습니까?" 나는 급히 바텐더에게 물어보았다.

"이미 나가셨습니다만." 바텐더는 아까와 변함없는 목소리로 그렇게 말했다.

그 말에 밖으로 나가서 계단을 올라갔다. 계단은 여전히 미끄러웠다.

그 미끄러운 계단을 빠르게 올라가다 보니 계단에서 그대로 넘어져 버렸다. 하지만 그런 건 아무래도 상관없다. 언제 넘어졌냐는 듯 바로 일어나 다시 계단을 올랐다.

위로 올라가 그 어두운 골목을 여러 번 둘러봤지만 그녀의 모습은 이미 어디에도 없었다.

그저 아까보다 더 싸늘해진 바람과 조금씩 내리는 눈들만이 나를 반겨줄 뿐이었다.

순간 절망감에 집어삼켜지는 것 같았다. 화장실에 가지 말았어야 했다. 그녀와 더 대화했어야 했다. 그녀를 실망시킨 것일까?

어느 부분에서 그녀를 실망시켰을까?

나 스스로에게 크나큰 자괴감이 들었다. 좌절하고 후회했다.

코트를 바 안에 두고 왔다. 양복만으론 이 추위를 버틸 수 없었다.

결국 밖에 있는 건 포기한 채로, 다시 바 안으로 들어가 쓸쓸히 그녀가 돌아오길 기다렸다. 다시 올 것이라는 자그마한 희망을 가진 채로 그저 묵묵히 그녀를 기다렸다. 레코드에선 어느덧 B면의 마지막 곡인 〈Tommy's Time〉이 흘러나왔지만 귀에 전혀 들어오지 않았다. 잠깐이라도, 아주 잠깐이더라도 그녀를 한 번 더 만나고 싶다.

제대로 된 인사도 전하지 못했다. 전화번호는 이제 바라지도 않는다. 인사만이라도 꼭 하고 싶다. 잘 가라는 인사를, 힘내라는 인사를.

그렇게 생각하며 가쿠빈을 한 잔 더 시키곤 묵묵히 그녀가 오길 기다렸다.

하지만 결과는 잔인하리만치 당연했다.

바 안에서 30분을 넘게 기다려 봐도 그녀가 돌아오는 일은 없었다. 결국 내 머리는 그녀가 완전히 가버린 걸 체념해 버렸다. 그렇게 하지 않을 수 없었다. 그렇게 하지 않으면 미쳐버렸을 테니까. 방법도, 희망도, 도저히 보이지 않았다.

바텐더에게 술값을 계산한 다음 바를 나왔다.

바를 나가기 직전 레코드판의 마지막 곡이 끝나자 바텐더는 다른 레코드판을 턴테이블에 넣고 바늘을 옮겼다. 시작을 여는 잔잔한 피아노 선율, 재즈가 아니다.

루 리드의 〈Perfect Day〉다.

결국 그날은 잠을 그대로 설쳤다. 그녀와 했던 대화가, 그녀의 얼굴이 자꾸 머릿속을 채웠다. 잠이 도저히 오지 않았다.

새벽 3시부턴 침대에서 일어나, 소파에 앉은 다음 가만히 눈을 감고 있었다.

방 안은 고요했으나 머릿속엔 자꾸 그녀의 목소리가 들려왔다. 그 맑고 부드러운 목소리와 피아노 선율 같은 웃음소리가 머릿속에서 몇 번이나, 몇 번이나 재생됐다. 잠은 여전히 오지 않았고, 결국 7시까지 쭉 소파에만 눈을 감고 앉아 있다가 그대로 출근 준비를 하고는 회사로 향했다.

다음 날은 비가 내렸다. 언제 눈이 내렸냐는 듯 바닥에 있던 눈과 얼음은 전부 녹아 사라지고 축축하고 차가운 비만이 온 세상을 어둡게 물들이고 있었다.

회사가 끝나고 급히 짐을 챙기고 있을 때 동료가 나에게 다가와 말을 걸어왔다.

"오늘은 비도 오는데 바에 가서 한잔할래요?"

그가 바에 가지고 먼저 제안한 건 처음이었다. 평소라면 같이 갔겠지만, 지금은 그럴 여유가 없었다. 빨리 그 바로 가서 그녀를 기다려야 된다. 오늘도 올 지 모른다. 어제 같은 아름다운 모습으로 바에 등장할지 모른다.

"죄송합니다." 동료의 제안을 거절한 채 회사를 뛰쳐나와 달렸다. 우산도 쓰지 않았다. 비를 맞으며 최대한 빨리 그 바로 달려갔다. 그 한없이 어둡고 냄새나는 골목은 이젠 더 이상 무섭지 않았다. 최대한 빨리 그곳으로 가야 한다는 열망과 목적이 골목에서 느끼는 두려움을 완전히 집어삼켰다.

결국 비를 다 맞으며 그 바가 있던 곳에 도착했다. 미친 듯이 춥고 몸이 떨렸지만 그건 바에 들어가서 술을 마시면 해결될 일이다.

하지만 그 바를 보자, 내 몸 안에 존재하는 모든 생명의 흔적이 몸에서 분리되는 것 같은 느낌이 들었다.

그 바는 없어져 있었다. 임대나 영업 종료, 휴가 같은 것이 아니다. 어제까지만 해도 분명히 존재했던 그 바가 있던 자리엔 불쾌한 네온사인도 없었고 Perfect Day라는 이름의 바도 없었다. 그저 오래전에 폐쇄되어 다 헌 채 막혀 있는 반지하 건물이 있을 뿐이었다.

그때 핸드폰이 생각났다. 지도! 지도가 있었다. 급히 지도에 들어가 그 바를 검색했지만 지도에도 Perfect Day라는 바의 이름과 위치는 뜨지 않았다. 완전히 사라져 있었다.

검색을 해도 나오지 않았다.

머리가 아파왔다. 쓰러질 듯 아파왔다.

누군가 두꺼운 밧줄로 머리를 힘껏 조이는 것 같았다.

그대로 몸에 힘이 풀려버려 뒤로 고꾸라져 버렸다. 너무 많은 생각들이 뇌에서 정리가 안 된 채 소용돌이를 만들어내고 있었다. 내가 어제 갔던 바는 도대체 무엇이었을까? 내가 어제 만났던 그 여자의 정체는 뭐지? 어제 일은 전부 꿈이었나? 아니다, 그럴 리가 없다. 꿈일 리가 없다. 꿈이라고 하기엔 너무나 직접적이다. 그녀의 그 미소가, 그녀의 사연이, 그녀의 손 감촉이 아직까지 생생하게 기억났다. 아니, 꿈일 리가 없다. 절대로. 분명 현실이었다. 그럼 도대체 어떻게 된 것일까? 그 소용돌이는 점점 커지며 내 머릿속의 모든 것들을 부수고 빨아들였다. 이게 현실이어도, 꿈이어도, 뭐가 되었든 어딘가 1개씩은 안 맞았다. 모든 게 이상했다.

무언가를 생각하고 싶었다. 하지만 불가능했다. 도저히, 아무 생각도 할 수 없었다.

육체와 영혼이 분리되어 버린 것처럼.

내 몸은 그 자리에 가만히 앉아선, 아무것도 할 수 없었다.

몇 분이 지났을까, 누군가 내 옆으로 손전등을 비추며 다가왔다.

"여기서 뭐 하십니까?"

그 빛과 목소리 때문에 간신히 정신을 차릴 수 있었다.

나는 급히 일어나 그 사람에게 다가가선 바가 있던 폐건물을 가리키며 물었다.

"저, 혹시 이 건물 바였지 않았습니까? LP바 말입니다."

"글쎄요… 저도 여기가 처음인지라. 길을 헤매다 보니 어느덧 이렇게 깊이 들어왔네요." 그는 의아하다는 듯 답했다.

결국 택시를 타고 집으로 돌아왔다. 도저히 집까지 걸을 수가 없었다.

집에 도착하자 집 안은 예전보다 훨씬 쓸쓸하고 넓어 보였다.

부엌 전등 하나만 켜고는 어두운 소파에 앉아서 머리를 식혔다. 그때, 생각 하나가 내 머릿속을 스쳤다.

어쩌면 어제의 그 모든 것은 외로웠던 나의 허상이 아니었을까?

그게 나를 납득시킬 수 있는 가장 큰 가능성이었다.

난 천천히 TV 옆에 있는 턴테이블로 다가갔다. 한 발 한 발을 옮길 때마다 몸과 마음은 돌을 맞은 듯 아파왔다.

선반에서 토미 플래너건의 《Eclypso》의 레코드판을 꺼내어 턴테이블에 올려놓고, 마지막 곡인 〈Confirmation〉에 바늘을 옮긴 채 다시 힘겹게 소파로 가 앉아선 고개를 위로 올려 허공을 바라보며 음악을 감상했다.

그리고 허공을 가로막는 벽 천장은 이내 끝없는 어둠으로 변하기 시작했다. 아주 먼 곳, 그 누구도 상상할 수 없을 만큼 멀고 어두운 곳.

그곳에선 그녀가 날 보며 미소 짓고 있었다.

가슴속에 있던 얇고 넓은 유리는 작은 파편들이 되어 사방에 흩어져 있었다. 모든 게 편안했다. 세상이 바뀌어 버린 것만 같았다.

그런 감정 속에서, 나도 그녀를 향해 미소 지었다.

연인, 인연

1

난 지금 이태원 경리단길 거리를 걷고 있다. 아무 생각도 하지 않는다. 목적지도 정하지 않는다. 그저 이 익숙한 거리를 늘 그렇듯 조용히 산책한다.

주말이 되면 저녁을 먹기 전 항상 이렇게 생각 없이 걷는다. 그 주에 겪었던, 그리고 그대로 마음속에 쌓여버린 불순물들을 천천히 소각하는 의식이라고 할 수 있었다.

비로소 긴 여름이 끝나고, 가을로 넘어가고 있을 때의 선선한 바람을 느끼며 주변 풍경을 보고 있으면, 한 주 동안 마음에 쌓여왔던 불순물들이 서서히 사라져 간다.

누군가가 보기엔 시시하다고 생각할 수도 있겠지만 이 산책은 내 삶의 전부라고 말할 수 있을 만큼 중요한 일이자, 늘 반복되는 루틴이다.

그리고 토요일인 오늘도 예외는 없다. 경리단길 골목 구석구석을 돌아다니며 천천히 걸었다.

선선하다 못해 서늘해진 날씨 때문에 반팔 위에 두꺼운 갈색 카디건을 걸치고 나왔다.

분명 지난주까지만 해도 해가 쨍쨍하고 온도가 28도를 웃돌았던 걸 생각하면 참 신기한 일이다.

그 때문인지 날씨와는 다르게, 하늘은 아직 청량한 여름빛으로 빛나고 있었다.

경리단길 거리에 있는 바들 안에선 여러 외국인과 한국인들이 어울려 얘기를 하며 웃고 있었고, 2층에 있는 재즈바에선 굳게 닫힌 창문을 뚫고 나오는 연주 소리가 들렸다.

서로의 몸에 기대어 걸어가는 연인들이나 주말에 다 같이 외식을 하러 나온 것 같은 가족들의 모습도 심심찮게 보였다.

모두들 세상에 더 바랄 것이 없어 보일 정도로 행복해 보였다.

하늘은 6시를 넘어 밝은 주황빛으로 변해가고 있었다. 주황색의 해가 구름의 틈 사이사이에서 예쁘게 빛났다.

그런 사소하고 소박하지만 아름다운 주변 풍경을 보며 기분 좋게 걷고 있었다. 모두가 행복한 시간. 모두가 안정적인 시간. 그리고 그 시간 안에는 나 역시 포함되어 있었다. 그렇게 느껴졌다.

그때, 걷고 있던 나의 등을 누군가가 손가락으로 툭툭 건드렸다.

그 감각이 등에서 머리를 타고 몸에서 약한 전율을 일으켰다. 나는 놀라서 뒤를 돌아보았다.

"성호 너 맞지?"

어느 여자가 날 보며 서 있었다.

키는 170이 안 돼 보였으며, 밀짚모자를 쓰고 흰색 블라우스와 청바지를 입고 있었다.

꽤 예쁘다고 볼 수 있는 외모였다.

무엇보다 그 얼굴 안에서 누군가가 보였다. 뭔가 아주 익숙한 여자의 얼굴이 보였다.

이내 머릿속에서 기억이 천천히 되살아났다.

이서아. 틀림없이 이서아였다. 오랫동안 잊고 살았던 이름이다.

그녀는 중, 고등학생 때 나의 하나뿐이었던 여자친구이자 나의 첫사랑이었다.

"아, 혹시 이서아…?"

그녀는 얼굴을 살짝 찡그리며 말했다.

"이제 기억해 낸 거야? 좀 서운한데?"

"미안, 미안. 워낙 오래전이다 보니…"

나는 멋쩍게 웃었다.

확실히 이서아가 맞았다. 그때의 말투와 그때의 얼굴이 미묘하게나마 남아 있었다.

그런 나의 모습을 보며, 그녀는 찡그렸던 얼굴을 미소로 바꾸고는 말했다.

"하긴, 10년 넘게 지났으니까. 넌 그때랑 변한 게 없네."

그렇게 말하며 그녀는 손을 내밀어 악수를 청했다.

"다시 만나서 반가워. 이런 곳에 만나게 될 줄은 몰랐는데 말이야."

"나도 반가워. 정말 오랜만이네." 나는 그녀의 악수에 응하여 그녀의 손을 조심스럽게 잡았다. 너무 약하지도, 너무 세지도 않게.

손을 잡고 악수를 하자 느낄 수 있었다. 손이 딱딱했다. 굳은살이 꽤나 많은 손이었다.

"어디 가던 길이야?" 나는 천천히 악수를 끝내며 손을 풀고는 그녀에게 물었다.

"응, 전시회 보러. 넌?"

"난 뭐, 아무 일정도 없어. 그냥 생각 없이 걷는 중이야."

"목적지는?"

"그것도 없어."

"그거참 멋있네." 그녀는 살짝 웃었다. 비웃는 듯한 느낌이 강하게 나는 웃음소리였다.

"그럼 나 전시회장까지 좀 데려다줄 수 있어? 이렇게 만난 것도 인연이니까 얘기도 할 겸."

"전시회장이 어딘데?"

"한강진역 쪽에 있어. 걸어서 30분 정도."

나는 잠시 고민했다.

어차피 집에 가봐야 할 것도 없었다. 한강진이면 그리 멀지도 않고. 올 땐 걷거나 지하철을 타면 된다.

무엇보다 누군가와 같이 산책을 하는 건 좋은 일이다(물론 그게 10년도 더 전에 사귀었던 여자친구라고 한다면 얘기가 살짝 달라지긴 하겠지만 말이다).

"30분 정도면 뭐, 그래. 데려다줄게." 나는 답했다.

2

나는 거제에서 살았으며 중학교에 들어가 그녀와 처음 만났다.

우리 둘 다 운동보다는 책을 좋아하는 성격이었고, 그러다 보니 도서관에 가면 서로 마주치는 일이 잦았다.

자주 마주치다 보니 서로에게 어렴풋이 관심과 호기심을 느끼게 되었지만, 이성 간의 부끄러움과 소심한 성격 때문인지 나도, 그녀도 직접적으로 말을 걸지 못했다.

마주치면 그저 수줍은 눈빛만을 교환한 다음 각자 자기가 좋아하는 자리에 가 앉아서 자신의 책을 조용히 읽었다.

5월이 되었을 때였다. 날씨는 점점 따뜻해지고 하늘은 여름 특유의 푸른빛으로 서서히 변해가고 있었다. 늘 똑같이 도서관에서 조용히 책을 읽고 있을 때. 그녀는 조심히 다가와 처음으로 나에게 말을 걸어주었다.

“무슨 책 읽어?” 그 말이, 그녀가 내게 처음으로 건넨 말이었다. 아주 조곤조곤한 목소리였다. 차분한 목소리였다. 아름다운 목소리였다.

그 이후로, 서로가 지금까지 읽어온 책들에 대해 이야기하며 자연스레 말을 트고 친구가 되었다.

점심시간이나 방과 후가 되면 늘 같이 도서관에 가서 나란히 앉아 책을 읽었고, 가끔씩 다른 사람들한테 방해가 되지 않을 정도의 작은 목소리로 책 이야기나 어제 있었던 일 같은 걸 이야기하며 낄낄거리기도 했다. 그 순간이 무미건조한 중학교 생활 중 가장 의미 있는 시간이었다고 생각한다.

그리고 그런 날이 계속되어 갈수록 그녀에 대한 내 마음은 점점 우정이 아닌 무언가, 우정을 뛰어넘은 것 같은 무언가로 바뀌어 갔다.

책 페이지를 넘기다 그녀와 팔이 살짝씩 맞닿을 때면 심장이 미친 듯이 뛰었다.

얼굴이 달아오르고 붉어졌지만, 그녀 앞에선 숨기려고 애썼다.

그녀의 얼굴을 볼 때면 항상 설렜고 가슴이 두근거렸다.

결국, 8월의 무더운 여름날. 나는 그녀에게 진심을 다해 사귀자고 고백했다. 고백한 장소는 집으로 향하는 하굣길이었다.

로맨틱하거나 드라마틱한 고백도 아니었다.

그녀와 같이 하교하며 논밭을 걷고 있을 때 서두도 없이 다짜고짜 좋아한다고 말해버렸다.

그런 말을 할 타이밍도 아니었고 할 장소는 더더욱 아니었다.

하지만 그런 초라하고 모자란 모습의 나를, 그녀는 수줍게 웃으며 받아주었다.

그러고는 이내 내게 가까이 다가와서 나의 손을 살며시 잡았다.

처음으로 서로의 손을 잡은 순간이었다.

나에게 다가와 손을 잡는 그녀와 그녀의 부드러운 손 감촉, 고백을 받아주며 웃는 얼굴. 그 모든 것들이. 몇십 년이 지나도 절대 잊지 못할, 잊히지 않을 순간이라고. 나는 진심으로 그렇게 생각했다.

책을 좋아했던 두 친구가, 이젠 연인이 되었다.

지금 생각해 보면 우리 둘은 꽤나 좋은 연인이었다는 생각이 든다.

서로가 서로를 진심으로 좋아했고 서로의 단점들을 존중하려 애썼다.

말이 안 맞는 부분이 있으면 타협해서 맞춰갔으며 주말엔 특별한 일이 없는 한 늘 만나서 데이트를 했다(그래봤자 시립 도서관, 아니면 카페였지만).

높았던 온도는 점점 내려가며 눈 깜짝할 새에 추운 겨울이 되었다. 1학년이 끝나갈 무렵인 크리스마스이브 날. 눈이 잔잔히 내리는 밤 아무도 없는 깜깜한 눈밭 가운데에서, 우리는 처음으로 키스했다. 주변엔 불빛이 없어 아무것도 보이지 않았다. 하지만 그녀의 부드러운 입술로 그녀의 모습을 그 무엇보다 정확히 느낄 수 있었다. 그 무엇보다 밝게 그녀를 비췄다. 벅찰 정도의 설렘이 우리의 몸을 따뜻하게 감쌌다. 아무리 눈이 내려도, 아무리 추운 날씨여도, 전혀 춥게 느껴지지 않았다. 오직 서아의 입술만이 내 몸을 포근하게 만들어 줄 뿐이었다. 그 후부터 우리는 더욱 가깝고 친밀해졌다.

그 후로 시간은 빠르게 지나갔다. 우리가 사귄 지도 어느덧 2년 반이라는 시간이 지나가고 있었고 중학교를 졸업해 고등학교에 들어가야 할 시기가 되었다.

거제도라는 지역 특성상 선택할 수 있는 고등학교가 그리 많지 않았고 결국 고등학교 역시 중학교 근처에 있는 고등학교에 같이 입학했다.

고등학교에 올라가서도 계속해서 연애를 했다. 물론 공부와 학업 때문에 만나는 시간은 중학생 때보다 현저히 적어졌지만, 적어진 만큼 서로를 만났을 때의 그 시간을 더 소중하고 행복하게 보내려고 노력했다.

하지만 학년이 올라갈수록 학업이 우리를 가로막는 일은 더욱 잦아지며 잠깐의 시간과 노력 역시 허락해 주지 않았다. 난 서울에 있는 대학에 가기 위해 한동안 그녀보다 공부를 더 우선시하게 되었다. 데이트를 요청해 와도 대부분 거절했으며 겨우 시간이 생겨 가끔씩 데이트를 한다고 해도 틈만 나면 문제집을 풀고 펜을 잡았다. 그런 나를, 그녀는 늘 불평 한마디 하지 않고 진심으로 응원해 주었다. 물론 그녀에게 미안한 마음과 죄책감은 항상 있었다. 그녀는 꾸준히 내게 다가가려고 손을 내밀었지만, 그 손을 나는 늘 외면했다. 미래를 결정짓는 일이라고 자신을 합리화하고는, 목표에 달성하면 분명 그녀도, 나도 행복할 것이라 생각하며 어쩔 수 없이 그녀를 혼자 남게 만들었다.

그리고 문득 정신을 차렸을 땐, 내가 바라왔던 행복은 이뤄지지 못한 채 산산조각 나 있었다. 당연한 결과였다.

고등학교 3학년이 된 지 어느덧 5개월이 지나고 2학기의 개학식 날이 되었을 때였다. 개학식이 끝나고 집에 갈 준비를 하고 있을 때, 핸드폰에 메시지가 한 통 왔다.

5:03PM

"혹시 괜찮으면 도서관으로 와줄래."

서아의 문자였다. 하지만 평소의 분위기와 무언가 달랐다. 부탁인데도 물음표를 붙이지 않는 모습. 거기서 무언가를 눈치챘다. 이게 그저 평범한 부름이 아니라는 걸 느낄 수 있었다.

나는 답장을 하고는 서둘러 도서관으로 향했다.

도서관 입구에 들어서자 구석 자리에 그녀가 앉아 있었다. 고개를 밑으로 숙인 채, 두 손을 깍지 끼고 책상 위에 올려놓고 있었다.

나는 그녀에게 달려가 그녀의 맞은편 자리에 앉았다.

"무슨 일이야? 갑자기 부르고." 나는 최대한 걱정이 드러나지 않는 어투로 그녀에게 물었다.

"성호야. 나 유학 가게 됐어." 서아는 날 쳐다보며, 내 눈을 똑바로 응시하며 말했다. 이상하리만치 담담한 목소리로.

충격을 받아 잠시 아무것도 생각해 낼 수 없었다. 도서관의 조용한 침묵이 나의 말까지 빼앗아 버린 듯, 아무 말도 나오지 않았다.

그녀는 여전히 날 똑바로 응시했다.

"언제쯤 가는데?" 긴 침묵을 깨고 비로소 말을 꺼냈다. 목이 바싹 말라서 목소리가 갈라져 버렸다. 급히 침을 삼켰다.

"내년 1월."

"어디로?"

"일본. 도쿄 쪽으로 가게 될 것 같아."

멀었다. 전화해서 "지금 갈게."라고 말할 수 있는 거리가 아니었다. 하지만 희망은 있다. 비행기 한 번이면 1시간쯤밖엔…

"그러니까 성호야. 우리 이제 끝내자." 그 간단한 문장은 약간의 희망을 생각하고 있던 내 머릿속을 완전히 붕괴시켰다.

"아… 아직 시간도 많이 남았잖아. 그때까지는…" 목소리가 떨리고 땀이 흘렀다.

"준비도 해야 되니까. 바빠서 이제 잘 만나지도 못할 거야." 그녀는 여전히 무덤덤한 목소리로 내 말에 답했다. 표정과 말투에선 아무런 감정도 읽을 수 없었다.

그때, 그녀의 몸이 떨고 있는 걸 눈치챘다.

아주 미세했지만, 확실히 떨고 있었다. 그 떨림을 보고 눈치챘다.

그녀의 무덤덤함 속에는 엄청난 슬픔과 상실이 존재한다는 것을.

그녀 역시 지금 이 대화가 죽을 듯 힘들 거라는 사실을. 그리고 여기서 더 희망을 찾아봐야, 그건 결국 의미 없는 짓일 것이라는 사실을.

"…알았어." 나는 답했다. 나 또한 최대한 무덤덤하게 보이려고 애썼다.

몇 분간의 긴 침묵이 흐르고, 난 먼저 의자에서 일어났다.

"난 이만 가볼게. 잘 있어."

그렇게 말하곤 그대로 도서관에서 나와 이미 텅 비어버린 학교를 나갔다.

우리가 처음 만났던 도서관에서. 늘 함께 책을 읽으며 행복한 시간을 보내온 도서관에서. 마지막 순간인 이별을 맞이했다.

1월이 되고 그녀가 떠나는 날. 나는 결국 공항에 가지 못했다. 이미 헤어진 사이고 모든 게 끝났기에 공항에 가기가 껄끄러웠던 것도 분명 있겠지만, 결코 그게 다는 아니었다.

그녀를 보기 너무나 겁이 났다. 그녀의 얼굴을 보면 그녀에게 매달리게 될까 봐. 다시 희망을 찾게 될까 봐. 겁이 났다.

서아의 그 고운 얼굴을 보면 기껏 세워놓은 모든 게 다시 무너져 버릴 것 같았다.

결국 그녀가 떠날 때, 난 아무것도 하지 않았다.

방에서 고등학교 물건들을 정리하고 있을 때 핸드폰이 울렸다. 급히 핸드폰을 켜서 알림의 정체를 확인했다.

3:00PM

"앞으로도 잘 지내."

서아가 보낸 메시지였다.

거기에 답장을 보냈다.

3:08PM

"너도."

이것이, 내가 지금 그녀에게 할 수 있는 말이자, 해줄 수 있는 유일한 말이었다.

이제 우린 그 무엇도 아니다. 친구도. 연인도. 학생도.

고등학생 때 공부에 전념한 결과, 원하는 대학에는 손쉽게 붙을 수 있었다.

대학은 서울인 데다 기숙사도 없는 학교라서 어쩔 수 없이 자취방을 알아보게 되었다.

여러 구들을 알아본 결과, 이태원에 괜찮은 원룸을 구할 수 있었고 최대한 빨리 집을 계약한 다음 최소한의 짐만을 챙겨 서울로 올라갈 준비를 마쳤다.

그리고 그녀가 유학을 가고 정확히 1달이 되는 날. 나도 거제를 떠나 서울로 올라왔다.

서울은 내가 지금껏 살아온 곳과는 모든 것이 너무나 달랐다. 겪어보지 못했던 복잡함과 새로움이 안 그래도 불안한 내 가슴을 더더욱 조여왔다.

버스와 지하철을 늘 반대로 타거나 역을 놓치곤 했으며 길도 자주 잃었다. 대학 입학식 날에는 버스 번호를 헷갈려 지각할 뻔하기도 했다.

그런 다사다난한 날의 연속이었던 서울살이는, 계절이 바뀌고 연도가 넘어가며 점점 익숙해져 갔다.

늘 외로워했던 혼자만의 생활 역시 많이 익숙해져 이제는 혼자 있는 것이 그다지 힘들게 느껴지지도 않았다.

그리고 결정적으로 이서아라는 사람의 존재 역시, 내 기억 속에서 점점 잊혀져 갔다.

대학을 다니며 원만한 친구들을 몇 명 사귀고 가끔씩 술을 마셨다. 학교는 늘 성실하게 다녔고 성적은 항상 A에 머물렀다.

하지만 왜인지 모르게 영원할 거라고 느껴졌던 대학 생활을 졸업하자, 남은 건 아무것도 없었다. 모든 것이 너무나 허무하고 의미 없다고 느껴지기 시작했다. 고등학교의 청춘을 대가로 바쳐 들어온 대학을 이제 졸업했다. 그럼 그다음은 무엇을 해야 하지?

그 생각은 머릿속에서 순식간에 크기를 키워갔고 결국 나를 함락시켰다. 모든 것이 코드가 뽑힌 듯 순식간에 꺼지며 아무것도 할 수 없게 되어버렸다.

그저 하루 종일 집에만 처박혀 있었다. 집에서 내내 캔맥주나 소주를 퍼마시고 토하는 걸 반복하며, 하루가 최대한 빨리 지나가길 바랄 뿐이었다. 모든 것이 부질없다 느끼며. 뭘 해야 할지도 도저히 모르겠다 생각하며.

그렇게 폐인처럼 삶을 낭비한 지 1년이 넘었을 때, 이런 처참한 광경을 부모님에게 들켜버렸다. 부모님은 이런 내 모습을 보시곤 바로 지원을 끊으셨고, 돈이 필요해진 나는 뭐가 뭔지도 모른 채 급하게 아르바이트들을 하게 되며 내 힘으로 월세를 마련해 갔다.

아르바이트를 하는 건 그리 힘들게 느껴지지 않았다. 오히려 스스로 무엇인가를 한다는 것에서 조금의 의미를 얻을 수 있었다. 하지만 그뿐이었다. 그 이상은 없었다.

일이 잘리면 곧바로 다른 일을 구했고 잘리지 않기 위해 최대한 열심히 그 일을 했다. 그런 나날이 4년 동안 쭉 계속되었다. 점점 영혼이 사라져 가는 듯했고 무엇인가를 한다는 것에 가졌던 의미도 희석된 지 오래였다.

어느 겨울날. 늘 그렇듯 아르바이트가 끝나고 집으로 향하고 있을 때였다. 조금씩 흩날리는 눈발이 거리를 하얗게 밝히고 있었다. 겨울 특유의 차갑고 날카로운 냄새는 코를 따라 폐에 퍼졌다. 그 모든 것들에 왠지 모르게 마음이 안정돼선, 집이 아닌 어딘가로 무작정 걸음을 옮겼다. 중간에 막다른 길로 빠지기도 하고 여러 골목을 지나가기도 했다. 걸으면 걸을수록 처음 보는 길들이 나를 맞이했다.

길을 잃고 실컷 헤매다 집에 도착했을 땐. 옷과 신발은 다 젖어 있었고, 몸은 열을 내는 모든 곳이 고장 나버린 듯 차가워져 있었다. 하지만 왠지 모르게 기분이 좋았다. 어딘가를 걷는다는 게 이리 즐거운 일이었었나. 마음속에서 기쁨과 후련함이 일었다. 순수한 기쁨. 시원한 후련함. 이런 감정을 언제 마지막으로 느껴봤었지. 그런 생각이 듦과 동시에 누군가의 얼굴이 보였다. 웃는 얼굴의 여자. 누구지?

그 이후, 주말이 되면 여러 아르바이트로 인해 지쳐버린 몸을 쉬어주며 노을이 지기 전 밖으로 나와 이태원 거리를 산책했다.

서울에 산 지 9년이 지난 오늘도, 늘 변함없이 노을이 질 때에 맞춰 나와 경리단길 거리를 산책하고 있었다.

그리고 그 넓은 서울 속 내가 살고 있는 이태원이라는 넓은 도시 안에 위치한 경리단길 한가운데에서, 과거의 연인이었던 나와 그녀는

오늘 이 순간. 10년 만에 재회했다.

3

"넌 어디 살아?" 걸어가며 그녀가 물었다.

"난 이 주변."

"이 주변 어디?"

나는 걸음을 멈춰 지금까지 걸어오던 반대편으로 몸을 돌린 다음 언덕 위를 가리켰다. 낡은 빌라 건물들이 다닥다닥 모여 있는 곳이었다.

"저기 위에 달동네 보이지? 저기 쪽에서 살아."

"예쁜 곳이네." 그녀는 그곳을 바라보며 미소 지었다.

"저기가? 전혀." 나는 고개를 저었다.

"그래? 난 충분히 아름다워 보이는데."

나는 눈을 똑바로 떠 최대한 그곳을 예쁘게 보려고 애썼다. 아무리 봐도 예쁜 곳은 전혀 아니었다. 그저 낡은 집들과 빌라가 모여 있는 허름한 달동네였다.

"아니, 아무리 봐도…"

"알았어, 알았어. 하여간." 그녀는 웃으며 내 팔을 툭 쳤다.

"중딩 때랑 변한 게 하나도 없어."

"많이 변했거든." 나는 변명하듯 멋쩍게 대답했다.

"한국엔 언제 왔어?" 다시 몸을 돌리고는 천천히 걷기 시작하며 그녀에게 물었다.

"어제 입국했어. 그리고 다음 주 수요일에 다시 돌아갈 거야."

"한국엔 왜 다시 왔어?" 난 조심스럽게 물었다.

"한국에 중요한 일이 있어서." 그녀는 담담한 목소리로 말했다. 너무나 담담해서 약간의 서운함이 느껴질 정도였다.

나는 그저 고개를 끄덕이고는 입을 닫았다. 여기서 더 깊이 물어봤자 소용없는 짓일 것이다. 이젠 그녀와 그 무슨 사이도 아니니까.

서늘한 바람이 우리를 막아서듯 강하게 불었다. 그녀의 하이힐 굽이 아스팔트 바닥에 닿으며 나는 메마른 소리가 선명하게 울려 퍼졌다.

눈을 살짝 굴려서 그녀를 쳐다봤다. 그때가 잘 기억나지 않아도 그녀가 바뀐 것만은 확실히 알 수 있었다. 고등학생 때와는 다른, 성숙하고 아름다운 분위기가 감돌고 있었다. 향수 냄새와 화장품 냄새도 은은하게 풍기고 있었다. 그 모습을 보자니, 그녀에 비해 난 초라할 정도로 변한 게 없었다. 외모도, 키도 고등학생 때와 별 차이 없는 모습이다. 집에서 대충 나와 머리는 부스스하고 면도도 하지 않아 수염이 꽤 많이 자랐다. 옷 역시 후줄근한 반팔 티셔츠와(심지어 건즈 앤 로지스 티셔츠다) 긴 면바지 차림. 그것들을 알아차리자 지금 옆에 있는 그녀와의 거리가 한없이 멀게 느껴졌다. 이럴 줄 알았으면 더 신경 써서 입고 나올걸. 하지만 누가 이런 일을 예상할 수 있겠는가. 이런 일이 일어날 확률이…

"그동안 어떻게 지냈어?" 생각에 가만히 잠겨 있을 때 그녀가 내게 물었다.

그 질문에 화들짝 정신을 차렸다. 질문의 내용을 한 번 머릿속으로 곱씹은 다음 입을 열었다. "서울에 있는 대학에 합격해서 고등학교 졸업하자마자 바로 서울로 올라왔어."

"대학은 언제 졸업했어?"

"5년 전에 졸업했어. 4년제로."

"그럼 지금은 회사 같은 곳 다니는 거야?"

"아니. 그냥 알바 여러 개 하면서 사는 중이야."

말을 끝내자 잠깐의 침묵이 지나고 그녀는 말했다.

"그렇구나." 의도적인 침묵이었지만 그 안에 담겨 있는 뜻은 알 수 없었다.

"그럼 넌? 넌 그동안 어떻게 지냈어? 헤어진 뒤로 네 근황은 아예 못 들었잖아." 분위기를 바꾸기 위해 급히 그녀에게 물었다.

"일본에 있는 미대에 들어갔었어. 지금은 그냥 그림 그리면서 살고 있어."

미대? 처음 듣는 소리였다. 우리가 사귀었던 5년 동안 그녀가 그림을 그렸던 적이 한 번이라도 있었던가. 내가 기억하는 한 그녀가 미술을 하는 광경은 한 번도 목격하지 못했다. 근데 어째서? 어떻게?

"미대라고? 네가 미술을 해?" 나는 그녀에게 물었다.

"응. 많이 놀랐어?" 그녀는 눈치를 보듯 조심스럽게 내 물음에 답했다.

그제야 나 자신이 흥분하고 있다는 걸 알아차렸다.

"아니… 네가 미술 하는 걸 본 적이 없었으니까…" 나는 급히 흥분을 가라앉히고는 말했다.

"사실 고등학생이 되고부턴 쭉 미술을 했었어. 3년 동안 늘 빠짐없이 학원에 가서 미술을 배웠어. 그러다 본격적으로 미대에 들어갈 준비를 했고, 선생님과 부모님 권유로 일본에 있는 미대에 지원하게 됐지. 일본 유학시험에 합격하고 그다음 일본에 직접 가 실기를 봤어. 난 당연히 불합격할 줄 알고 시험을 봤는데, 붙어버렸지 뭐야. 그게 8월이었어. 너한테 어떻게 말해야 하나 정말 많이 고민했는데…"

그녀는 잠시 침묵해 숨을 골랐다. 가슴이 벅차오른 듯 보였다.

"고민하다 보니 어느새 유학 날짜가 정해져 버렸지 뭐야. 결국 유학 가기 3주 전에나 너한테 말해버렸어. 그것도 구체적인 이유도, 설명도 없이. 정말 미안해. 더 자세히 설명해 주고 싶었는데. 더 멋지게 이별하고 싶었는데. 너한테 미술을 한다는 걸… 알려줬어야 했는데."

그녀는 그 말을 끝으로 침묵했다. 얼굴엔 죄책감과 슬픔이 잠겨 있는 미소가 있었다.

마치 아무런 파문도 없는 깨끗한 강물에 떨어지기 직전인 물방울 같아 보였다.

나는 그런 그녀를 보며 아무 말도 할 수 없었다.

하늘의 노을은 아까보다 더욱 붉어지고 있었고 어느새 녹사평을 지나 이태원역 부근을 걷고 있었다.

우리 둘 모두, 걸으면서 별다른 말을 하지 않았다. 서로가 너무 갑작스럽게 재회해 버렸다. 대화가 제대로 가능할 리 없었다.

나는 그녀의 느린 걸음걸이에 맞춰주며 천천히 걷고 있었다. 살짝의 답답함이 느껴질 정도로 차분하고 느린 걸음이었다.

"저기, 내가 너한테 헤어지자고 했을 때 넌 어땠어?" 그때 그녀가 갑자기 나에게 물었다. 아까의 연장선 같은 질문이었다.

그 질문에 답을 하기까지는 시간이 걸렸다. 그때의 감정. 오랫동안 잊고 살았던 감정이다. 그때 무엇을 느꼈는지조차 이젠 희미해져 있었다.

"쉽게는 못 받아들였어. 정말 갑자기였으니까. 거기에 사정도 제대로 못 들었잖아. 갑자기 유학을 간다고 하곤 헤어지자니."

"그럼… 왜 날 붙잡지 않았어?" 그녀는 조심스레 입을 열어 질문했다.

그때의 기억이 머릿속에 단편적으로 스쳤다. 담담한 그녀의 표정. 간단하고 무감정한 그녀의 어조. 그리고 미세하지만 확실하게 떨고 있는 그녀의 몸.

"붙잡을 수도 있었잖아. 사정을 얘기해 달라 했을 수도 있고. 왜 그렇게 쉽게 헤어졌어?"

"그때 네 마음이 느껴졌거든. 그때 그렇게 말하는 네 모습은 너무 고통스러워 보였어. 날 볼 때마다 더욱 슬퍼지니까. 결국 날 떠나야 할 테니까. 그 큰 고통, 내가 받을 상처와 원망을 감수하면서까지 담담하게 날 떠나려 한 거잖아. 맞지?"

그녀에게서 아무 말도 없었다. 맞다는 뜻이다. 그녀는 늘 정답을 말하면 말이 없어졌다. 그것은 무음 속에서의 신호 같았다.

"그리고 만약 내가 너를 붙잡아서 계속 사귀었어도, 관계가 오래가긴 힘들었을 거라고 생각해. 결국 넌 일본으로 유학을 가야 했을 거고, 난 나대로 한국에서 미래를 살아야 했을 거니까. 점점 서로를 만나고 대화하는 게 힘들어졌겠지. 그렇게 생각해 보면, 우리는 어쩌면 처음부터 헤어질 운명이었던 걸 수도 있다는 생각이 들어."

그녀는 말없이 내 이야기를 들으며 고개를 끄덕였다.

"내가 왜 미술을 시작했는지 알아?" 그녀는 돌연 물었다.

"전혀. 말이라도 해줬어야 알지."

내가 말하자 그녀는 작은 웃음을 터뜨렸다.

"그래, 하긴 그렇지." 그녀는 잠시 입을 다물고는 다시 열었다.

"사실, 미술을 시작하게 된 계기는 선생님 때문이었어. 미술 선생님. 고등학교 들어가고부터 내가 많이 우울해하고 힘들어했던 거 기억나?"

"기억나. 새 학기에 적응하지 못해서 힘들다고 그랬었잖아."

"맞아. 근데 그게 다는 아니었어. 공부가 너무 힘들었거든. 난 너랑 다르게 공부를 잘하진 못했잖아. 늘 아슬아슬하게 성적을 유지하고 있었지. 게다가 고등학교에 들어오면서 그게 더 심해졌어. 점점 진도를 따라가기도 벅차고, 성적도 내려가기만 하고. 그리고 무엇보다 제일 중요한 건 꿈이 없다는 거였어. 내 장래, 내 미래가 아무것도 보이지 않았어." 그녀는 잠시 숨을 골랐다.

"'고등학생이 됐으니 슬슬 하고 싶은 걸 정해야 된다.' 아버지도 선생님도 다들 그렇게 말씀하셨어. 겨우 고등학생 1학년한테 말이야. 아직 고등학교에 들어온 지 4개월밖에 안 됐는데. 정말 미쳐버릴 거 같았어. 공부도 잘해야 되고 하고 싶은 것도 정해야 되고. 뭘 어떻게 해야 될지 감을 잡을 수가 없었어. 그것들 때문에 불안함과 두려움은 더더욱 심해만 가고."

"왜 나한테 말 안 했어?" 나는 그 자리에서 멈춰 서서 그녀의 말을 끊고 물었다. 가슴속이 울컥거렸다.

"널 걱정시키고 싶지 않았어. 넌 공부도 잘하고 학교생활도 어려움 없이 잘하고 있었으니까."

"그래도…" 거기서 말이 끊겼다. 사실이었다. 난 교우 관계도 좋았고 가고 싶은 대학도 있었다. 선생님들 사이에서도 평가가 좋았다. 무엇보다 성적이 늘 상위권이었다. 내려가는 일은 전혀 없었다.

침묵이 돌았다. 불편한 침묵이었다.

"그 상태로 1학기가 끝나갈 때, 미술 선생님이 날 부르셨어." 그녀는 이어 말하며 다시 걷기 시작했다. 나도 그녀를 따라 걸었다.

4

3교시가 끝나고 쉬는 시간이 찾아왔을 때, 미술 선생님이 나를 복도로 부르셨다.

"서아야. 잠깐 나와볼래?" 순간적으로 온몸에 긴장감이 돌았다. 뭔 일이지? 내가 뭘 잘못했나? 저번에 아파서 학교에 빠졌을 때 미술 시간이 있었었나? 시간표를 기억해 봤다. 기억에는 없다.

급히 의자에서 일어나 반을 나갔다. 미술 선생님은 문 앞에 나를 기다리며 서 계셨다.

"부르셨어요?" 나는 선생님과 마주 보게 선 다음 조심스럽게 말을 꺼냈다.

"쉬는데 미안하구나. 혹시 오늘 방과 후에 시간 있니?"

"방과 후요? 왜요?"

"너한테 하고 싶은 이야기가 있어서. 점심시간엔 내가 시간이 안 되거든."

나한테? 무슨 이야기? 혼이라도 나는 걸까? 도대체 뭔 일이지? 무슨 일인지 대충이라도 파악하고 싶었지만 도저히 파악이 되지 않았다. 미술 시간에 특별히 눈에 띄는 짓을 한 적은 한 번도 없다.

"네. 시간 가능해요." 그 이유를 들어야겠다는 생각 하나에 곧바로 대답했다. 성호와 도서관에서 만나기로 했으나 좀 늦는다고 말해놓으면 된다. 어차피 공부만 하고 있을 테니.

"그래, 고맙다. 끝나면 미술실로 오렴."

그 말을 끝으로 선생님은 복도를 걸어 계단을 내려가셨다. 한동안 그 자리에 가만히 서서 선생님이 걸어가셨던 복도를 바라봤다. 진짜 무슨 일일까.

수업이 시작되는 종소리가 들리고서야 나는 정신을 차리고 급히 반으로 들어가 자리에 앉았다. 읽던 책이 책상에 지저분하게 널브러져 있었다.

"야. 미술 쌤이 왜 부른 거야?" 뒷자리에 앉아 있던 친구가 몸을 앞으로 당기며 물었다.

"나도 모르겠어. 할 얘기가 있다고 끝나고 오래."

"혼나는 거 아니야?"

"하지만 혼날 짓은 전혀 한 적이 없는데…"

"수행평가로 그린 그림이 너무 형편없었나 보지." 그 말을 하며 친구는 웃었다.

"뭔 소리야." 그 말에 나도 덩달아 웃었다. 하지만 동시에 진짜 그래서 부른 걸까 하는 작은 불안도 생겼다.

아, 성호. 급히 핸드폰을 꺼내 성호에게 문자를 보냈다.

12:00PM

"오늘 방과 후에 좀 늦을 것 같아."

그때, 선생님이 반 문을 열고 들어오셨다. 답장을 보지 못한 채 그대로 핸드폰을 주머니에 넣었다.

수업이 끝난 후에는 바로 2층에 있는 미술실로 향했다.

하지만 미술실은 불이 꺼진 채 문이 잠겨 있었다. 내가 너무 빨리 온 것일까? 아니면 선생님이 약속을 잊으신 걸까? 교무실에 찾아갈까 생각했지만 어디에 계시는지 몰랐다.

결국, 복도에 있는 홈베이스에 앉아 선생님을 기다리며 책을 읽었다. 책 내용은 하나도 눈에 들어오지 않았다. 같은 문장을 세 번이나 반복해서 읽어야지 겨우 내용 이해가 가능할 정도로 내 머리는 완전히 다른 곳에 향해 있었다. 이내 도저히 책을 읽을 상황이 아니라는 것을 알아차리곤 책을 가방 안에 집어넣곤 시계를 확인했다. 16시 12분. 20분까지 안 오시면 다른 선생님께 교무실을 물어보자. 그렇게 생각하고 홈베이스에 가만히 앉아 있었다.

그때, 멀리서 희미한 발소리가 들려왔다. 사람이 없어 조용한 복도에 발소리는 점점 크게 울려 퍼졌다. 운동화 바닥이 대리석에 부딪히는 소리. 약하고 조금은 날카로운 소리. 여자의 발소리였다. 고개를 들어 점점 가까워지는 발소리 쪽으로 시선을 향했다.

"미안해. 오래 기다렸지." 선생님은 빠른 걸음으로 걸어오시며 내게 손을 흔드셨다. 얼굴엔 지친 기색이 역력했다.

나는 자리에서 일어나 고개를 살짝 숙여 인사했다.

"아니에요, 괜찮아요."

"반 아이 한 명이랑 상담 좀 하느라고. 화장실에서 담배를 피우다 걸렸지 뭐야."

"아, 네." 뭐라 할 말이 없어 그냥 대답으로 대꾸했다.

"서아 넌 담배 안 피지?" 선생님은 나를 보며 추궁하는 듯 물으셨다. 순간 그 눈빛에 휘말려 진짜로 내가 담배를 피운 것 같다는 느낌에 사로잡힐 정도였다.

"저 안 펴요! 정말이에요…" 그 느낌을 떼어내려고 대답하려다 큰 소리가 나와버렸다. 얼굴은 부끄러움을 감추지 못한 채 서서히 붉어졌다.

"농담이야, 농담." 선생님은 그런 나를 보고 웃으며 내 어깨를 쓰다듬었다.

그리곤 미술실로 걸어가 열쇠로 문을 여셨다.

"요즘 애들은 담배를 뭐 그렇게 좋아하는지. 뭐, 나도 그땐 그랬나."

문을 여시며 중얼거리시듯 혼잣말하셨다. 난 선생님 뒤에 살짝 거리를 두고 서 있었다.

미술실에 들어서자 물감 특유의 먹먹한 화학약품 냄새가 풍겼다.

선생님은 미술실 불을 켜시곤 의자 1개를 교탁 책상 앞에 두셨다.

"여기 앉아."

나는 그 의자로 가 조심히 앉았다. 선생님은 책상 앞에 서서 책상 위에 있는 여러 서류들을 마구 헤집으시기 시작했다.

미술실 안은 서류끼리 부딪히는 소리만이 들렸다. 아주

고요하고 또 불안한 소리였다. 도대체 날 왜 부르신 걸까.

잠깐의 시간이 지나고, 서류 더미 속에서 한 장의 그림을 꺼내시곤 나한테 보여주셨다.

내가 수행평가 때 그렸던 그림으로, 기와집 한 채와 하얀 눈밭이 어우러져 있는 설경 풍경화였다.

그걸 본 내 머리는 더욱더 당황스러워졌다.

“이게… 왜요…?” 나는 조심스레 물었다.

선생님은 그런 나를 보곤 부드러운 미소를 띠며 말씀하셨다.

“서아야. 2학기 때 이 그림을 공모전에 내도 되겠니?”

공모전? 내 그림을? 왜? 무엇 때문에? 머릿속에서 그 질문의 뜻을 몇 번이나 곱씹고 해석해 봐도 답은 나오지 않았다. 그 일 때문에 나를 부른 건가?

“공모전이요…?” 아까보다 더 조심스럽게, 마치 금방이라도 깨질 것 같은 물건에 손을 대듯 천천히 물었다.

“응. 방학 때 청소년 그림 공모전이 있어. 네가 허락만 한다면 거기에 내볼 예정이야.”

“하지만 왜요…? 왜 제 그림을…” 도저히 이해가 가지 않아 다시 한번 물었다. 목소리가 잘 나오지 않아 도중에 말은 끊어져 버렸다.

"이번 수행평가 주제가 풍경화였잖아? 대부분의 학생들은 풍경화를 굉장히 어려워해. 게다가 미술은 기본과목도 아니라서 열심히 그리는 학생이 잘 없거든. 하지만 이 그림은 달라. 대충 그린 것 같지 않아 보여. 더군다나 고등학생의 수준을 뛰어넘은 그림이라고 생각해. 정말 아름다운 그림이야. 미술 선생님들 사이에서도 말이 엄청나게 많았어. 네 그림이 엄청나다고 말이야." 선생님은 부드럽게 웃으며 천천히 말씀하셨다.

그 말이 내 몸에 큰 이상을 일으킨 것 같았다. 얼굴엔 알 수 없는 미소가 자동으로 일었으며, 심장 박동은 서서히 빨라져 가기 시작했다. 처음 느껴보는 감정이 몸속에서 꿈틀거렸다.

"하지만 공모전에 낼만한 실력이 될까요? 그저 학교 과제일 뿐인데…"

"당연하지. 말했잖아, 이 그림은 고등학생 수준을 뛰어넘었어. 풍경화를 이렇게 예쁘게 완성해 내긴 정말 힘든 일이야."

이런 과분할 정도의 칭찬은 처음 들어봤다. 빈말이라 할지라도(물론 빈말은 아니었지만) 몸은 이미 미친듯한 설렘으로 가득 차 있었다. 성호를 만났을 때도 이런 감정을 느꼈었던가. 기억이 잘 나지 않았다. 가슴속에 있는 걱정과 불안이 이내 서서히 다른 무언가로 바뀌어 갔다. 어차피 공모전에 낸다고 해도 내가 손해 보는 건 없지 않을까. 게다가 선생님이 이런 말까지 하신 거면 확실히 괜찮지 않을까. 그렇게 생각했다.

"그럼… 내보고 싶어요."

공모전 결과는 최우수상이었다. 선생님은 대상이 아니라고 아쉬워하셨지만 그건 아무래도 상관없었다. 학교 과제로 그린 내 그림이 상을 받았다. 그것도 2등으로.

그 소식을 전해 들었을 때에 받았던 충격은 평생 잊지 못할 것 같았다. 온몸에 전율이 돋고 심장이 터질 듯 빨리 뛰기 시작하며 몸이 달아오르는 그 느낌. 살면서 그런 충격을 또다시 받을 수 있을까. 난 절대로 못 받을 것이라 생각한다.

꿈만 같았던 여름방학이 빠르게 지나가고 개학식 날이 되었을 때. 복도 벽 한편에는 내 그림이 작게 전시되어 있었다.

"학교에서 전시하자고 의견이 나와서." 서서 그림을 보고 있는 내게 미술 선생님이 걸어오며 말씀하셨다.

"허락 없이 전시하게 돼서 미안하구나. 혹시 네가 싫다면 말해줄게."

"아뇨, 괜찮아요." 솔직히 싫진 않았다. 오히려 좋다고 생각했다. 어차피 이런 곳에 전시되어 봤자 학생들이 자세히 볼 리도 없었고, 무엇보다 나의 무언가를 인정받는다는 그 기쁨에, 나는 잔뜩 취해 있었다.

"네가 괜찮다면야. 아, 그리고 오늘 방과 후에 시간 괜찮니?"

"네, 괜찮아요."

"그럼 종례 끝나면 미술실로 와줄래? 해주고 싶은 이야기가 있단다."

"미술 쪽으로 나가보지 않겠니?"

잘못 들은 건가 싶은 그 말이 고막을 강타하듯 귀에 꽂혔다.

"네? 미술 쪽으로 나가요…?" 도저히 이해가 가지 않아 재차 물었다.

"너무 갑작스러워서 놀랐지? 미안해. 네가 생각이 있다면 제대로 미술 쪽을 시작해 보면 어떨까 해서."

"하지만 지금 시작해서는…" 말할수록 작아지는 목소리와 동시에 그 말을 한 나 자신에게 놀랐다. 나도 어렴풋이 그걸 원하고 있는 건가.

방 안에는 침묵이 감돌았다. 텅 빈 학교 복도에선 선생님들의 발소리만이 작게 울렸다. 미술실에선 햇살에 비친 작은 먼지들이 허공을 떠돌고 있었다.

"넌 미술로 나가고 싶은 생각이 있어? 일단 그게 제일 중요해." 선생님의 말투는 이내 진지하게 바뀌었다. 그 목소리의 서늘함 때문에 살짝 소름이 끼쳤다.

"전 그림은 한 번도 안 그려봤잖아요. 이번 공모전도 수행평가 그림으로 나간 거고."

"그건 나중 문제야. 지금 가장 중요한 건 네가 미술을 하고 싶다는 마음이 있냐는 거야. 하고 싶다는 마음이 없는 상태로 시작하면 그건 그 무엇보다 큰 고통이 돼."

그 소리를 듣고 고개를 바닥으로 떨어트렸다. 깍지 낀 손은 미세하게 떨리고 있었다.

선생님은 그런 내 깍지 낀 손을 두 손으로 살며시 잡아주셨다. 딱딱하고 거친 손이었다. 곳곳에 굳은살의 흔적이 있었다. 얼마나 많은 노력이 들어가 있는 손일까. 그 딱딱한 손은 나에게 무엇인가를 전하려는 듯 나의 손을 그 무엇보다 부드럽게 덮었다.

성호를 만나러 도서관으로 향했다. 시간은 어느덧 오후 5시를 향하고 있었고 학교엔 학생 그 누구도 없었다. 학교 안은 한없이 고요하고 무서울 정도로 조용했다. 선생님들의 발소리도 들리지 않았다. 나의 실내화 소리만이 넓은 복도에 크게 울릴 뿐이었다.

도서관에 들어가자 책상엔 성호가 앉아 있었다. 늘 그렇듯 문제집을 풀며 공부하고 있었다. 눈 밑엔 다크서클이 짙었고 옆에는 에너지 드링크가 놓여 있었다.

나는 조용히 그에게 다가가 그의 어깨를 툭 쳤다.

"나 왔어."

성호는 문제집에서 시선을 떼고는 나를 바라보며 미소 지었다.

"왔어? 왜 이렇게 늦었어?"

"선생님이랑 이야기 좀 하느라고."

"그렇구나."

말이 끝나자 성호는 다시 문제집으로 시선을 돌리며 펜을 들었다.

성호에게 말을 꺼내고 싶었다. 방금 들었던 말에 대해 그와 상담하고 싶었다.

하지만 말하지 못했다. 말할 수 없었다. 덜컥 겁이 났다. 날 이해해 주지 않을까 봐. 공부와 다른 미술이라는 분야에 대해 그에게 평가받을까 봐 두려웠다.

성호는 그럴 사람이 아니라는 건 알았다. 절대 그런 사람이 아니다. 하지만 결국 내 마음은 그렇게 판단했다. 두려움 때문에. 그리고 약간의 열등감 때문에. 성호에게 말하지 못했다.

"밖에 그림 예쁘더라. 네가 그린 거야?" 나를 보지도 않은 채, 무미건조한 말투로 성호가 말을 걸었다.

"응. 미술 선생님이 전시하고 싶다고 하셔서…" 나는 말라가는 목소리로 답했다. 목이 말라버려 목소리가 제대로 나오지 않았다.

"미술 쪽으로 나가는 것도 나쁘지 않을 것 같아." 여전히 문제집에서 눈을 떼지 않았다.

"응, 고마워." 나는 대답했다.

부모님에겐 그날, 지금까지의 일을 전부 고했다. 그 그림도 보여드렸고 결론적으로 미래를 미술로 가보고 싶다는 뜻을 전했다. 부모님은 당연히 당황하셨고 여러 질문이 쏟아졌다. 갑자기 무슨 소리냐, 그게 돈이 되겠냐, 지금 해서 가능하겠냐는 질문들이 부모님의 입에서 나와 내 가슴속을 마구 찔러댔다. 하지만 신기하게도 그런 말들을 들으며 미술을 하고 싶다는 열망은 더욱 강해져 왔다. 여기서 포기하면 내 인생

역시 여기서 끝날 것 같았다. 결국 나 역시 부모님에게 진심으로 그 뜻을 전했다. 살면서 무언가를 그토록 깊이 하고 싶었던 건 처음이었다. 그 감정이 너무나 좋아서 더욱더 부모님을 설득하려 노력했다. 부모님도 그런 나의 격렬한 감정을 느끼셨는지 정식으로 미술 선생님을 만나 상담을 해보시곤 그날 이후 미술학원을 등록하게 되었다.

어느 날, 성인이 된 후 부모님과 만나 그때의 이야기를 나눴다.

"엄마, 아빠. 고등학교 때, 제가 미술을 하겠다 했을 때 있잖아요. 그때 왜 절 안 막았어요?"

그러자 부모님은 소리 내어 크게 웃으셨다.

"막고 싶었지. 정말 막고 싶었는데." 아버지는 말하셨다.

"그때 네가 우리를 설득할 때. 지금의 네 모습이 눈앞에 스쳤었거든." 아버지의 말에 덧붙이듯 어머니도 말을 꺼내셨다.

"지금의 제가요?" 나는 그 말을 비웃는 듯한 어조로 말했다.

"네가 스스로 무언가를 진심으로 하고 싶어 했다는 게 정말 기뻤지."

"그래서 널 믿어보기로 했다. 그때 미술 선생님이 했던 네

칭찬도 한몫했지만."

칭찬? 그 말을 듣고 그때를 떠올렸다. 그때 부모님과 상담이 끝난 후, 미술 선생님은 나를 부르시곤 말씀하셨었다. 그건 칭찬이 아니었다. 걱정도 아니었다. 그 위의 무언가였다. 선생님의 표정은 한없이 진지해 서늘함이 느껴졌었다. 그때 했던 말이 날 더 강인하게 만들어 주었으리라. 부모님의 말씀을 들으며 그렇게 생각했다.

미술 선생님의 추천을 받아 미술학원을 등록한 후 열심히 입시 미술을 배워갔다. 전공은 서양화, 그중에서도 풍경화로 정해져 갔다.

풍경화를 그리는 법은 간단했다. 일상에서 좋은 풍경이 나오면 그 풍경을 카메라로 담았다. 스케치북을 펴 그 풍경을 천천히, 그리고 세심하게 그림으로 옮겼다. 그림을 그릴 땐, 늘 그 풍경을 보았을 때 느꼈던 감정을 표현하려 애썼다.

같은 노을이어도 날에 따라서 그 아름다움은 다르다. 힘들었던 날엔 그 주황빛의 노을이 따뜻한 위로의 한마디같이 느껴진다. 또 행복한 날일 때면, 그 노을은 행복한 오늘의 마침표를 찍어준다.

그 둘의 공통점인 붉은 노을이라는 특징이 그림에 담긴

다. 하지만 그 의미는 완전히 다르다.

그림들을 그리며 점점 일상에서의 아름다움을 느껴갔다.

구름들 사이로 보이는 하늘, 천천히 저물어 가는 노을과 그걸 가리는 구름의 조화, 동네의 모습들. 그 모든 것이 미술을 시작하며 다르게 보였다. 소중했다. 이 풍경을 잃고 싶지 않았다. 늘 풍경을 보며, 그리고 그리며. 머릿속으로 그런 생각을 했다.

성호에게는 여전히 비밀로 하고 있었다. 늘 공부에만 매진하느라 힘든 그에게 굳이 이 사실을 말하고 싶지 않았다.

늘 학원을 가는 날이면 일정이 있다고 하고는 먼저 도서관을 나왔다.

그리고 학원에서 열심히 연필과 붓을 잡았다.

대회에도 몇 번이나 나가고 늘 수상을 하며 미술에 대한 재능을 확실히 보여줬다.

선생님들 역시 나를 특별히 아꼈다.

그리고 무엇보다 풍경들을 그릴 때 나는 제대로 살아가는 듯한 기분을 느꼈다.

미술을 하며 다시 태어나는 것만 같았다.

그 기분이 너무 좋아서 더 열심히 했다.

무언가에 엄청나게 깊이 빠져버리면 현실에서 벗어나 버린 듯 시간의 체감이 비현실적으로 빠르게 느껴진다. 그리고 자신이 그걸 인지하고서 현실 세계로 돌아왔을 땐. 그 대가로 항상 무언가가 사라져 있다.

미술을 배워나간 지도 어느덧 2년이라는 시간이 흘렀다. 나는 고등학교 3학년이 되었고, 어느덧 고등학교의 막바지에 서게 되었다.

성호와는 입시 공부 때문에 통 보지 못하고 있었다. 그리고 아직 내가 미술을 한다는 사실 역시 모르고 있었다. 난 말하지 않고 숨기려 애썼다. 지금 생각해 보면, 굳이 왜 그렇게까지 숨기려 했는지 잘 모르겠다.

어떻게 보면 나의 이 작고 아름다운 취미를 성호와 공유하기 겁이 났다는 생각이 들기도 한다.

춥던 겨울에서 봄의 향기로운 공기가 거리를 채우고, 나무에 핀 벚꽃이 떨어져 가기 시작할 때였다.

여느 때처럼 학원이 끝나고 집에 갈 준비를 하고 있을 때 학원의 원장 선생님이 나를 불러세웠다.

그리곤 내게 팸플릿을 하나 건넸다.

"이게 뭐예요?" 나는 팸플릿을 집어 들며 말했다.

"일본에 있는 미대야. 그렇게 유명한 곳은 아니지만 그래도 꽤나 좋은 곳이지. 지금 네 수준이면 거기에 충분히 들어갈 수 있어. 네가 꼭 갔으면 해서 하는 제안이란다. 부모님께 가서 진지하게 상담해 보렴."

그때 가슴속에 어렴풋이 성호의 생각이 스쳤다. 지금이라도 그에게 말해야 할까? 유학을 가면 성호를 못 보게 될까? 그 질문들이 고장 난 카세트테이프처럼 반복되고 있었다.

부모님은 유학에 대해 생각보다 훨씬 우호적으로 나오셨다. 처음엔 2년 전 미술을 시작할 때와 비슷한, 당연한 걱정의 질문들이 오갔다. 하지만 그 질문들은 더 이상 내 꿈에 대한 불신과 거절이 아닌, 나에 대한 걱정이자 책임에 대한 약속과 같았다. 그 모든 질문 속에 들은 진짜 뜻은 결국 정말 괜찮겠냐는 걱정이라고, 나는 느낄 수 있었다.

하지만 그런 부모님의 우호적인 모습에서 왠지 모를 허무함과 지겨움이 느껴졌다. 그리고 순간 그런 감정을 느낀 나에게 크나큰 역겨움과 자기혐오 역시 느껴졌다. 그 모든 것들이 어디서 온지도 모른 채로 입안에 찝찝하게 붙어 있었다. 금방이라도 구역질이 나올 것 같았다.

다시 한번 진지하게 생각해 보라는 부모님의 말씀을 들으며 방에 들어와서 침대에 누웠다. 방금 그것들은 도대체 왜 나타난 걸까. 몸을 진정시키며 핸드폰을 켜 성호에게 문자를 보냈다.

9:37PM

"뭐 해?"

10분이 지나도. 20분이 지나도. 답장은 오지 않았다. 결국, 핸드폰을 내려놓고 책을 읽고 있기 시작했다.

답장은 내가 그에게 문자를 보냈다는 사실을 거의 잊어버리고 있었을 때 도착했다.

10:28PM

"수능 공부. 지금은 수학."

공부다. 또 공부다. 지난달도, 지난주도, 어제도, 오늘도 공부다. 그날이 반복될수록 점점 성호에게 지쳐갔다. 물론 그를 좋아했다. 그를 사랑했다. 하지만 그의 이런 모습은 가끔씩 나를 미치도록 초라하게 만들었다. 누구는 죽을 듯이 공부를 하며 대학을 준비하는데 나는 이렇게 쉽게 유학을 제안받고 허락받았다. 이래도 될까? 성호한테 왠지 모를 죄책감이 들었다.

그 모든 질문들이 머릿속에서 답의 자리를 잡지 못하고 방황했다.

성호와는 이번 주에도 분명 만나지 못하겠지. 다음 주에도 다다음 주에도.

그 생각을 하니 머릿속이 더욱 복잡해져 왔다. 우울해졌다. 난 왜 성호보다 공부를 못하는 걸까. 아무리 노력해도 성호를 따라갈 수 없는 걸까? 그렇게 생각하며 방 안에서 이불을 뒤집어쓰고 소리 없이 울었다.

많은 생각들이 정리가 안 된 채 머릿속에 있는 모든 걸 엉망으로 만들고 있었다.

한참을 울었다. 이대로 형체도 없이 사라져선 이 세상에 떠도는 무언가가 되고 싶었다. 그런 생각이 들었다.

그 후 6월, 부산에 가서 일본 유학시험을 치렀다.

일본어는 예전부터 자신이 있었지만, 공부에는 자신이 없었기에 유학시험을 치르기 전까진 나도 공부에 매진했다. 그리고 공부를 할 때마다 성호의 생각이 났다. 성호가 이런 기분이었을까. 이런 목표를 이루기 위해 그의 3년을 버리는 걸까.

난 고작 몇 개월이면 되는데.

그런 생각을 할 때마다 공부에 집중할 수 없었다. 다시 한 번 나 자신이 너무나 볼품없어졌다. 그리고 성호한테 왠지 모를 불만과 짜증이 터져 나왔다.

지금 생각해 보면 그저 나의 볼품없음을 감추기 위한 자기 합리화라는 생각이 든다.

공부에만 매진한 탓인지 유학시험은 잘 치를 수 있었다. 쓸데없는 생각은 버리려고 노력한 채 최대한 편안히 시험을 치렀다.

3주가 지나고 집에는 통지서가 배달왔다. 조심스럽게 봉투를 뜯어 결과를 확인했다.

합격이었다.

부모님은 내 어깨를 토닥이며 진심으로 축하해 주었다.

하나의 큰 목표가 성공적으로 지나갔다.

미대의 원서 접수 시작은 9월이었기에 그때까지는 시간 여유가 조금이나마 있었다.

다음 날 방과 후, 나는 성호를 보러 그의 반으로 찾아갔다.

성호와 같은 반인 애한테 성호를 불러달라고 부탁했다. 이내 성호는 날 보고는 펜을 내려놓고 의자에서 일어나 교실 밖으로 나왔다.

"성호야. 이번 주말에 어디 놀러 가지 않을래?" 나는 성호에게 조심스레 물었다. 기대는 하지 않았다.

"미안. 일주일 후가 학원 테스트라서. 그리고 곧 기말도 다가오잖아." 예상해 온 대답이었다. 공부다. 또 시험이다.

"알았어. 열심히 해." 나는 애써 웃으며 그에게 말했다. 속으로는 그런 그를 미친 듯이 때려주고 싶었다.

"넌 공부 안 해?" 그때 성호가 내게 물었다.

그 말을 듣고 몸 안에서 분노가 치밀어올랐다. 이유를 알 수 없었다. 그저 미친 듯이 화가 났다.

"나도 하고 있어." 나는 그렇게 말하고는 뒤로 돌아 그대로 내 반으로 걸어갔다.

이럴 거면 그냥 헤어지지, 굳이 왜 계속 사귀고 있는 거야. 눈물이 흘렀다. 그 눈물을 감추기 위해 아무도 없는 복도를 달렸다. 아무도 없는데 왜 눈물을 감춰야 했을까. 나도 잘 모르겠다.

5

"공모전에 나가고, 미술학원에 다니고, 일본 유학시험도 봤어. 9월엔 일본으로 가서 실기시험과 면접을 보고 최종적으로 그 미대에 합격했지. 무지 기뻤어. 부모님과 파티도 하고 기숙사도 알아보며 유학을 준비하고 있었지. 하지만 차마 너한텐 끝까지 말하지 못하겠더라." 그녀는 걸어가며 속삭이듯 조용히 말했다.

나는 주머니의 손을 넣고 걸으며 그녀가 말을 꺼내길 기다렸다.

"사실 그때 네가 공부에만 전념하고 있는 게 나는 싫었어. 일종의 질투 같은 거라고 말할 수도 있겠지. 그래서 더더욱 너에게 내 꿈에 대한 걸 말하고 싶지 않았어. 늘 놀러 가자고 하면 테스트나 모의고사, 중간, 기말 소리만 꺼내고, 나랑 얘기도 별로 하지 않았잖아. 내가 미술 얘기를 꺼내면 네가 뭐라 말할지, 그게 너무 겁이 났어. 난 그게 싫어서 일부러 너한테 반항하며 도망치고 있었던 거야. 지금 보면 참 한심하지…"

금방이라도 울 것만 같은 여린 목소리였다.

나는 과거의 기억을 곱씹어 보았다.

3학년에 올라간 후 그녀와 놀러 가거나 진지하게 얘기를 했던 적이 있었던가. 내가 기억하는 거론 세 번도 안 된다.

늘 공부 때문에 약속을 거절했다. 그만큼 그 대학이 가고 싶었으니까. 늘 그녀에겐 미안함이 있었다. 그녀를 혼자 내버려두는 게 너무나 싫었다.

하지만 그런 나에게 그녀는 늘 괜찮다고, 열심히 하라고 말했었다. 그 말을 듣고 더더욱 힘내서 공부했다. 그녀는 날 믿어준다고 생각했다.

"난 네가 괜찮을 줄 알았어." 하지만 그 생각들, 그리고 내가 지금 꺼낸 말은 변명에 불과했다. 최악의 변명에 불과했다. 자기 합리화적인 역겨운 말이다.

그녀는 그 말을 듣고는 부드러운 웃음을 터뜨렸다.

"그래. 그래야 성호지." 그녀는 내 팔을 툭 치며 말했다.

"나도 알아. 네가 나쁜 의도로 그러지 않았다는 거. 우리 둘 다 서로를 진심으로 좋아하고 걱정해 왔잖아. 최소한 난 그랬어. 하지만 점점 자기만의 세계에 집중해야 할 시기가 되고, 서로에 대한 그 진심이 결국 충돌해 버린 거 같아. 그러면서 미성숙했던 그때의 우리에게 불신과 상처로 이어진 거라고, 지금의 난 그렇게 생각해."

"미안해. 여러모로." 나는 그녀에게 진심을 다해서 말했다. 너무 늦은 사과다. 돌이킬 수 있는 시간은 이미 한참 지나가 있었다. 이제야 무슨 의미가 있을까.

하지만 그녀는 날 보며 웃었다.

"우리 성호 많이 컸네."

나는 그 말을 듣고 살짝 미소 지었다.

슬슬 한강진에 가까워지고 있었다. 옆을 보니 우크라이나 대사관이 보였다.

"만약 그때 헤어지지 않았다면… 지금 우리는 어떻게 살고 있을까." 우크라이나 대사관을 쳐다보고 있을 때 그녀가 갑자기 말을 꺼냈다.

"솔직히 살짝 궁금하기도 해." 그녀는 걸으며 그렇게 말했다. 처음엔 혼잣말인 줄 알았다. 그 정도로 조용하고 고요한 어조였다.

나는 머릿속으로 생각했다 헤어지지 않았다면…

"그럼 네가 일본에 가지 않았다는 가정하에서?"

"뭐가 됐든. 내가 너한테 미술을 한다는 걸 말했을 수도 있고, 내가 일본에 가지 않았을 수도 있고, 가도 계속 사귀었을 수도 있잖아."

"난 솔직히 얼마 못 가지 않았을까 싶어."

그녀는 내 말을 듣고 나를 쳐다보았다. 나는 말을 이었다.

"난 말이야, 모든 건 정해진 운명과 인연대로 흘러간다고 생각해. 만남이 있으면 이별이 있고, 운명은 그 만남에서 이별대로 쭉 흘러가지. 지금 당장은 이별을 피할 수 있다고 하더라도, 결국 어떤 문제로든 우린 헤어지게 됐을 거라고 봐. 사회로 나가면 각자의 생활이 생기고, 함께 있는 시간은 더 줄겠지. 그 말은 곧 언제든 서로에 대한 감정이 소실될 수 있다는 소리야."

"그럼 우리가 지금 만난 것도? 그것도 정해진 인연이고 운명인 거야?"

"뭐 어떻게 보면 그렇다고 할 수 있지."

그녀는 그 말을 듣고 잠시 침묵했다.

"너 문과 나왔구나?" 그러고는 웃으며 말했다.

나도 그 말을 듣고 소리 내어 웃었다.

"티 많이 나?"

"그런 멋진 말을 쓰는데 당연한 거 아니야?"

붉게 빛나던 노을은 어느새 자취를 감추고 있었고 하늘은 이미 어둑어둑해지며 황혼의 시간이 다가왔다.

"근데 말이야. 넌 지금, 이 삶에 만족해?" 나는 그녀에게 물었다. 문득 생각이 들었다.

"이 삶? 그림 그리는 거 말하는 거야?"

"그것도 있고, 그냥 지금 네 인생에 만족하냐고."

그녀는 잠시 생각하더니 이내 밝은 얼굴로 말했다.

"난 충분히 만족해. 물론 일본에만 있는 게 마냥 좋은 것만은 아니지. 한국이랑 많이 달라서 아직도 완전히 적응하지 못했어. 그래도 내가 좋아하는 걸 하고 있잖아.

그림을 그릴 때마다 늘 저절로 미소가 지어지며 그 세상에 빠져들어. 그 느낌이 너무나 좋아. 무엇보다 내가 고등학생이었을 때를 생각해 보면, 나는 지금 이 순간에 아주 만족하고 있다고 느껴."

"그렇다면 다행이네."

"왜 갑자기 그런 질문을 해?" 그녀는 날 보며 물었다.

"그냥 갑자기 문득 궁금해져서."

"그럼 넌? 넌 지금 삶에 만족해?"

그 말을 듣고 나는 잠시 생각하고는 말을 꺼냈다.

"만족해."

하지만 그녀는 내 대답이 못마땅하다는 듯 얼굴을 찡그리며 나를 쳐다봤다.

"대답이 마음에 안 드나 보네."

"당연한 거 아니야? 난 네 질문에 그렇게 성심성의껏 대답해 줬는데 넌 딱 세 글자만 말하고 입을 닫아버리잖아."

"세 글자보단 한 단어라고 하는 게 더 나을 거 같은데."

그녀는 짜증 난다는 듯 내 팔을 팔꿈치로 쳤다. 이건 살짝 아팠다.

"넌 학생 때도 미친 듯이 공부만 했잖아. 그리고 좋은 대학도 나왔고. 근데 지금은 뭐 하고 있어? 알바나 하면서 살고 있잖아."

그 말을 듣고 살짝 울컥했다.

"곧 직장 구할 거거든? 이미 지원서도 여러 군데에 넣었어."

"그 얘기가 아니라. 넌 꿈 같은 게 없었어? 공부 같은 거 말고 네가 이루고 싶었던 거. 내가 미술을 했던 것처럼."

내가 하고 싶은 거? 그런 걸 생각해 본 적은 한 번도 없었다. 고등학교 때부턴 공부만 해왔다. 오직 대학에 들어가는 게 내 꿈이었으니까. 그 이후는 전혀 생각하지 않았다.

시간을 거슬러 중학생 때를 생각해 보았다.

중학생 때는 달랐을지도 모른다. 공부에만 전념하지 않았을 때, 아직 꿈이 있던 때의 일이다. 하고 싶었으나 하지 못했던 것이 하나 있었다.

"사실 중학생 때 기타를 너무나 치고 싶었어. 음악으로 가고 싶었지."

"기타? 왜 안 했어?"

"부모님의 반대가 무지 격했거든. 곧 있으면 고등학생이라며 공부나 열심히 하라고 말씀하셨어. 아들이 안정적인 삶을 살길 원하셨던 거야. 그리고 중학생이었던 내가 무슨 힘이 있겠어. 그렇게 고등학교에 들어가자 기타라는 생각은 완전히 잊힌 채 대학을 위한 공부만 해왔어. 그리고 꿈에 그리던 대학에 입학했지. 그게 내 꿈이었는지 부모님의 꿈이었는지. 이제는 구별도 잘 안 가."

"고통스럽지 않았어? 네 꿈을 버린 채 공부만 한 게?" 그녀는 내 말을 끊으며 물었다.

"딱히 고통스럽진 않았어. 기타라는 존재를 포함한 쓸데없는 생각을 머릿속에서 완전히 잊어버렸으니까. 그냥 명령

어를 입력한 로봇이라고 생각하면 돼."

"그렇게 말하니까 더 고통스러워 보이는데."

나는 그 말을 듣곤 얼굴을 살짝 찡그렸다. 그런가?

"그럼 지금까지도 기타의 존재를 완전히 잊고 살고 있는 거야?"

"자취를 하고 한번 시작해 보고 싶었는데 근데 그게 잘 안 됐어. 대학을 다닐 땐 대학 생활이 바빠서 못하고, 졸업한 후엔 부모님 지원도 끊겨버려서 알바하며 집세 벌기도 바빠. 월세가 여간 비싼 게 아니니까. 결국, 마음의 여유가 생길 때 쯤에는, 너무 늦어버렸다는 생각이 들더라고. 지금 해봐야 의미가 있나 싶어서 그냥 포기했어."

"지금이라도 취미로 가볍게 할 수 있잖아." 그녀는 여전히 못마땅하다는 말투로 말했다.

"지금? 너무 늦었어. 이미 새로운 걸 시작하기엔 너무 늦은 거 같아."

그녀는 그 자리에 멈춰 서서 날 보며 말했다.

"늦었다고? 난 고1 때야 미술을 시작했는데 일본에 있는 미대로 유학 갔어. 단 2년 반만의 노력으로. 나도 미술을 시작할 그 시절에는 내가 늦었다고 생각했어. 이제 시작해서 입시고 실기고 제대로 할 수 없을 것 같았지. 하지만 미술을 하면 할수록 그런 것과 상관없이 즐거워졌고, 그래서 더 열정적으로 앞만 보고 나아갔어. 걱정과 불안은 어느새 더 큰 노력으로 변해 있었다고. 그리고 결국 미대에 들어가는 데 성공했어. 지금은 그림을 그리며 즐겁게 살고 있잖아."

"넌 재능이 있었잖아. 그 재능을 알아주는 사람도 있었고."

"그건 맞아. 하지만 누가 알아? 재능이 엄청나서 배운 지 1~2년 안에 무내에 시게 될 수도 있잖아. 물론 정반대의 경우가 될 수도 있겠지. 너무 못해서 10년이 지나도 무대에 못 설지도 몰라. 하지만 그건 안 해보면 모르는 일 아니야? 시도해 봐야 결과를 알 수 있는 일 아니냐고.

너의 가슴안에 아직 하고 싶다는 꿈이 조금이라도 남아 있다면, 그게 뭐든 간에 한번 시도해 봐. 일단 해보고 판단해도 늦지 않으니까. 심지어 지금은 여유도 있잖아."

그 말이 가슴속의 무언가를 건드렸다. 굉장히 이상한 감정이 피어올랐다. 가슴 한구석이 뜨거워졌다.

"좋은 말이네. 새겨들을게. 고마워." 나는 그 감정을 최대한 신경 쓰지 않으려 노력하며 그녀에게 말했다.

그녀는 방긋 웃으며 말했다.

"누가 한 말인데."

그리고 우리는 다시 걸었다. 누가 한 말이지.

"누가 한 말인데?"

그녀는 놀랍다는 듯 말했다.

"정말 몰라서 묻는 거야?"

중학교를 졸업하기 1달 전, 도서관에서 책을 읽는 나에게 그녀가 문득 상담을 청해왔다.

"내가 하고 싶은 걸 도저히 찾지 못하겠어. 이 상태로 고등학교에 들어가도 아무것도 할 수 없을 거 같아. 그게 성인이 돼도 쭉 이어질 것 같아서 무서워. 너무 늦을 것 같아서."

금방이라도 울 것 같은 말투로 횡설수설 내게 설명하는 모습에, 나는 그녀의 손을 잡아주며 부드럽게 미소 지었다.

"늦은 건 없어. 천천히 시도해 봐도 돼. 시간이 걸려도 괜찮으니까 여러 가지를 도전해 봐. 넌 아직 뭘 하고 싶은지 네 자신이 모르는 거니까 많은 걸 하며 네가 좋아하는 걸 찾아 봐. 그러다 보면 언젠간 좋아하는 걸 찾을 수 있을 거야. 그 걸 너무 늦게 찾더라도 괜찮아. 그때부터 도전하면 돼. 남들보다 느리다고 그게 나쁜 게 절대 아니니까."

내가 말을 끝내자 그녀는 내게 다가와 안겼다. 그때는 몰랐지만, 아마 그녀는 그때 내 품에서 울었을 것이라고 생각한다. 마치 잔잔한 물결에 물방울이 떨어지며 작은 파문이 일듯. 아무 소리도, 떨림도 없이 조용히 울었을 것이라고 생각한다.

그제야 그 조언이 왜 내 가슴 한구석을 뜨겁게 만들었는지 깨달을 수 있었다. 그녀의 조언이 바로 중학생 시절, 그녀가 힘들어했을 때 내가 그녀에게 해줬던 조언이었다. 그 사실을 나 역시 가슴 깊은 곳에 어렴풋이 기억하고 있었고, 그 흐릿한 기억이 지금 표면 위로 나오며 깨어난 것이다. 그걸 알고 나니 진정됐던 감정이 다시 복받쳤다.

그때 내게 안겼던 그녀는 나에게 활짝 웃어 보였다. 새하얀 이가 예쁘고 가지런히 빛나고 있었다.

그러고는 말했다.

"고마워."라고.

"사실 중학교 때 네 조언을 들었고 많은 걸 시도했지만, 결국은 좋아하는 걸 찾지 못했어. 그러다 고등학교에 들어가고 나서야 선생님 권유로 미술을 시작했지. 그리고 내가 그때까지 좋아하는 걸 찾지 못했던 이유는… 내가 너를 가장 좋아했기 때문이었던 것 같아. 네가 공부로 바빠지면서 비로소 미래를 생각하게 됐지."

여러 감정이 교차했다. 미묘한 슬픔과 미묘한 기쁨.

나를 사랑했기에, 앞으로 나아가지 못했다는 그 말이 너무나 씁쓸했다. 결국, 우리는 헤어질 운명이었던 것이다. 그 사실이 이제야 내 가슴속을 울리고 있다.

이미 그녀와 헤어진 것에 대한 미련은 완전히 사라졌다. 사실 그녀와 헤어질 때도 미련은 별로 없었다. 나도 그때는 공부 때문에 워낙 바빴으니까. 그녀와 헤어지자마자 다시 공부에 집중했고, 그건 그리 어렵지 않았다.

하지만 오늘 그녀를 만나면서 그 미련이, 그땐 느껴지지 않았던, 어쩌면 영원히 존재하지 않았을 그 미련들이, 어둠에서 기어 나와 내 마음을 헤집어 놓고 있었다.

그녀는 왜 오늘 나타난 것일까. 우린 왜 오늘, 이 이태원에서 재회한 걸까.

왜 내 미련을 다시 살아 돌아오게 하는 것일까, 왜 내 미련을 창조해 내는 것일까. 정신을 차렸을 때는 멈춰 선 채로 눈물 한 방울이 뺨을 타고 흐르고 있었다. 왜 눈물이 흐르고 있는지 알 수 없었다. 그저 눈에서 조용하게 흐르고 있었다.

그녀는 대답이 없는 날 돌아봤다. 이내 내 뺨에 흐르는 눈물을 보곤 내게 천천히 다가왔다.

"뭐야. 왜 울고 그래."

"그냥. 오랜만에 이런저런 이야기 하니까 좋아서 나도 모르게." 난 뺨에 있는 눈물을 닦으며 말했다.

그리곤 미소 지었다. 그녀도 덩달아 웃었다.

"그땐 그렇게 안 울더니."

6

황혼의 시간이 모두 지나가고 하늘은 어느새 검게 어두워져 있었다. 핸드폰을 켜서 시간을 확인했다.

19시 27분. 그리 늦진 않았다.

"해가 확실히 짧아졌네." 나는 중얼거렸다.

"나 때문에 너무 멀리 온 거 아니야?" 그녀가 그런 내 옆에서 물었다.

"어차피 할 것도 없었는데 뭐. 그리고 오랜만에 널 만난 것만으로도 그 가치는 충분하다고 봐. 좋은 경험이었어."

"나도 널 만나서 정말 좋았어. 이렇게 만나서 모든 걸 풀어낼 수 있었다는 게, 내 근황을 너에게 전할 수 있었다는 게, 정말 다행이야." 그녀는 아름다운 미소를 지으며 말했다.

우리는 전시회 입구 앞에 섰다. 전시회장의 입구 옆 벽면에는 똑같은 포스터들이 다닥다닥 붙어 있었다.

'이서아 화가 그림 기획전 – 잔상'

그걸 보고는 눈이 커졌다.

"뭐야. 전시회가 네가 하는 전시회였어?"

놀라서 그녀에게 물었다. 살짝 큰 소리가 나와버렸다.

"나 그림 그린다니까." 그녀는 미소 지으며 말했다. 고운 미소였다.

"여전히 못 믿겠어. 참 신기해."

그 말에 그녀는 소리 내어 웃었다. 그리고 이내 손을 들어 흔들며 내게 말했다.

"그럼 잘 있어." 그 인사를 끝으로 그녀는 날 돌아서곤 전시회장으로 걸어갔다.

이렇게 허무하게 헤어지는 게 싫었다. 그때만큼은 아니더라도. 그때만큼 친밀해질 순 없어도. 하지만 아주 조금이라도. 이 인연을 이어갈 순 없을까.

"잠깐!" 결국, 입을 열어버렸다.

그 소리를 들은 그녀는 입구에 멈춰 섰다.

"전화번호나 메신저 같은 거라도 교환할래? 가끔씩 얘기하면 좋으니까."

나는 핸드폰을 꺼내며 그녀에게 다가갔다.

하지만 다가오는 나에게 그녀는 고개를 저으며 말했다.

"아니, 너의 존재도, 그리고 오늘 이 순간도 중, 고등학생 때처럼 소중한 추억으로 기억하고 싶어. 만약 어디선가, 언젠가 또, 인연이 우리를 이어주는 걸 허락한다면. 그때 다시 만나자."

그리고 그녀는 나에게 손을 흔들었다.

나는 아무 말도 할 수 없었다. 그저 그녀와 똑같이, 그녀를 보며 똑같이 손을 흔들었다.

결국, 그녀는 걸어서 전시회장 안으로 들어갔다. 이내 그녀의 모습은 인파에 가려져 점점 보이지 않았다.

"그래. 인연이 이어지길 기다릴게."

그 커다란 미술관을 바라보며 혼잣말했다. 그녀의 모습이 완전히 없어진 후였다. 나도 결국 미술관을 돌아섰다.

뺨에는 눈물이 흘렀다. 눈물이 멈추지 않는다. 하지만 얼굴은 미소 짓고 있었다.

무슨 감정인지 모르겠다. 지금 내 기분도 모르겠다. 그저 눈물이 흐르는 걸 내버려두고는 벤치에 앉아서 하염없이 눈물을 쏟아냈다.

10분 정도가 지났을까, 더 이상 눈물이 나오지 않았다. 몸이 메마른 것 같았다.

마음을 진정시키며 주변을 둘러보았다.

서로의 몸에 기대어 걸어가는 연인들이나, 주말에 다 같이 외식을 하러 나가는 가족들의 모습이 보였다.

모두들 세상에 더 바랄 것이 없어 보일 정도로 행복해 보였다.

심리적으로 힘을 너무 많이 쓴 하루다. 몸에 힘이 다 빠졌다. 다리가 풀려서 잘 걸을 수도 없었다.

인연이 허락해 준 소중했던 순간. 연인이었던 우리가 10년 만에 다시 만난 순간.

사실 그녀가 화가가 되었단 사실은 아직도 믿기지 않는다.

그녀도 내가 이렇게 사는 걸 믿기지 않아 했을까.

그런 생각들을 하며 눈을 감고 과거에 젖어 있을 때였다.

바지 주머니에서 진동이 울렸다. 여자친구의 전화였다.

전화를 받자 여자친구의 부드러운 목소리가 수화기 너머에 있는 내 귓속에 울렸다.

"혹시 지금 시간 돼? 일 끝났는데 같이 저녁이나 먹을까 해서."

"그래, 그러자. 어디로 갈까?"

"녹사평역으로 갈게. 한 30분 정도 걸릴 것 같아."

"기다리고 있을게."

그리고 전화는 끊어졌다.

다리에 힘을 주고 일어났다. 아직 몸이 휘청거렸다.

마음이 한결 후련했다. 모든 것이 없어진 듯 깨끗했다.

그렇게 느린 걸음으로 지하철역으로 걸어가고 있을 때였다. 옆에 있는 자그마한 건물이 눈에 들어왔다.

'기타 매입, 판매 악기점'. 건물 간판에는 그렇게 쓰여 있었다.

내 몸은 자연스레 그 악기점으로 향했다.

가게의 문을 열자 주인은 부드럽게 웃으며 인사했다.

"안녕하세요."

"안녕하세요. 혹시, 일렉기타도 있습니까?"

늦은 건 절대 없는 법이니까.

후기

처음 소설을 쓰기 시작했던 건 작년 가을쯤이었을 것이다.

무라카미 하루키에게 한창 빠져 있을 시점, 영화 한 편을 보고(무슨 영화인지는 잘 기억나지 않는다) 버스를 탄 다음 집으로 가던 중 문득 나도 소설을 쓰고 싶다는 생각이 머릿속에 확 꽂혔고 그 순간, 바로 메모장을 켠 다음 나의 첫 소설을 써 내려가기 시작했다.

그때 쓴 소설의 제목은 쳇 베이커의 곡 제목을 따온 〈But not for me〉로 친구의 죽음에 대한 후회를 담은 1,000자 분량의 짧디짧은 소설이었다(사실 소설이라 부를만한 것도 못 되지만).

그 소설을 쓴 뒤 글을 쓰는 것에 본격적인 재미를 느낀 나는 본격적으로 다른 소설들도 하나씩 하나씩 써나가기 시작했다. 그리고 대부분의 글들은 집에 가는 지하철에서 핸드폰 메모장으로 써갔다.

2024년 가을~겨울 사이에 〈LP바〉와 〈연인, 인연〉을 완성시키고 2025년 봄이 되어 〈도플갱어〉를 완성시켰다.

사실 이때까지만 해도 출판을 계획하진 않았다. 그저 글을 쓰는 게 즐거워서 계속 써나갔을 뿐이다.

하지만 시간이 지나고 내가 쓴 소설을 바라볼수록 무엇 때문에 '이 소설을 썼는가.'라는 생각이 커져만 갔다.

결국 여름이 끝나갈 무렵, 출판을 결심하게 됐고 이전에 쓴 소설 세 편의 대대적인 퇴고(소설 재창조에 가까웠다) 작업을 진행하기 시작했다.

확실히 출판이라는 큰 목표에는 엄청난 부담이 존재했다. 퇴고를 하고 읽어봐도 계속해서 부족한 부분이 눈에 띄었다.

내가 내 소설과의 타협점을 찾을 수 없었다. 계속해서 냉정하고 비판적으로 나 자신을 몰아붙여 갔다.

그렇게 소설마다 여섯 번이 넘는 퇴고를 진행한 결과, 나 자신이 체념하게 되었다.

'이 정도면 됐다. 계속 이러는 건 결국 의미 없는 짓이다.' 라는 생각이 머릿속에 확 꽂혔고 결국 일곱 번째 퇴고를 끝으로 소설의 원고를 완성하게 되며 이번 단편집이자 나의 첫 책인 〈연인, 인연〉을 완성하게 되었다.

나의 첫 소설이자 단편집인 〈연인, 인연〉의 테마는 고독이라는 하나의 주제를 보여주는 세 가지의 다른 방식이라고 할 수 있다.

그 세 편의 이야기 속에서 주인공들은 각자 다른 고독을 안고 살아간다.

〈도플갱어〉에서는 과거에 큰 상처를 겪은 채 마음을 닫고 살아가는 미라이를.

〈LP바〉에서는 스스로 유리벽을 만들어 남들과 담을 쌓고 지내는 남자를.

〈연인, 인연〉에서는 현실이라는 벽에 둘러싸인 채 혼자서 거리를 산책하는 성호를 주인공으로 삼으면서 성인들의 고독이 무엇인지, 어떻게 그걸 표현해야 할지 노력했다.

그 과정에서 여러 사람들에게 다양한 경험을 듣기도 하고, 청소년인 나의 경험과 생각, 그리고 약간의 상상과 동경을 섞어서 이 고독을 완성시키게 되었다.

그리고 그 고독을 구원해 주는 인물 역시 등장한다.

〈도플갱어〉에서는 유키와 윤리 교사가.

〈LP바〉에서는 여자를.

〈연인, 인연〉에서는 서아라는 캐릭터를 만듦으로써 주인공이 구원을 받는, 혹은 서로에게 구원이 되어주는 구조를 만들었다.

하지만 내 소설에서 일어나는 그 구원은 완벽하지 않다. 무언가를 얻는 대신 꼭 무언가를 소실해 간다.

나는 그런 것을 쓰고 싶었다. 완벽한 구원은 그저 판타지일 뿐이라고 늘 생각해 왔다.

최대한 현실적인, 무언가를 소실해 가지만 그게 꼭 나쁘지만은 않은, 씁쓸하지만 현실적인, 어쩌면 구원 자체가 의미없을지도 모르는 상황들. 그런 현실적인 구원들로 이 작품을 유치하지 않도록 만들기 위해 애썼다.

그리고 이 구원이라는 포인트는 여러 삶의 역경 속에서 일어나는 작은 희망이 얼마나 아름다운지를 표현하고 싶었던 것인지도 모르겠다.

마지막으로, 제 소설을 마지막 장까지 읽어주신 모든 분들께 진심으로 감사의 말씀을 전합니다. 독자 여러분들 덕분에 제 소설을 세상에 낼 용기를 얻을 수 있었습니다.

아직은 많이 미숙하고 부족한 소설이지만 저의 소설로 조금이나마 위로와 공감을 얻으셨으면 좋겠습니다.

다시 한번 정말 감사드립니다.

연인, 인연

초판 1쇄 발행 2025. 12. 29.

지은이 김도현
펴낸이 김병호
펴낸곳 주식회사 바른북스

편 집 김재영
디자인 김효나
마케팅 송송이 박수진 박하연

등록 2019년 4월 3일 제2019-000040호
주소 서울시 성동구 연무장5길 9-16, 606호 (성수동2가, 블루스톤타워)
대표전화 070-7857-9719 | **경영지원** 02-3409-9719 | **팩스** 070-7610-9820

•바른북스는 여러분의 다양한 아이디어와 원고 투고를 설레는 마음으로 기다리고 있습니다.

자비출판 투고 barunbooks21@naver.com
홈페이지 www.barunbooks.com | **유튜브** https://www.youtube.com/@Youtube_brTV
인스타그램 https://www.instagram.com/barunbooks7/ | **X(트위터)** https://x.com/barunbooks7
페이스북 facebook.com/barunbooks7 | **틱톡** https://www.tiktok.com/@barunbooks7

ISBN 979-11-7263-761-3 43810